Märchenhafte Morde

Ein Fall für Kommissar Guntram

Ostfrieslandkrimi von Moa Graven

Impressum
Märchenhafte Morde
Ein Fall für Kommissar Guntram – Band 5
Ostfrieslandrkimi von Moa Graven

Erschienen im cri.ki-Verlag Leer (Ostfriesland)
Dezember 2014
ISBN 978-3-945372-41-8
Umschlagfoto und Gestaltung: cri.ki-Verlag Leer (Ostfriesland)

Zum Inhalt:

Märchenhafte Morde - Ostfrieslandkrimi

Sommer und blauer Himmel in Leer (Ostfriesland). Doch die Idylle trügt. Kommissar Guntram entdeckt bei einem Spaziergang am Deich eine ältere Frau im Gras liegend, sie scheint zu schlafen. Doch sie ist tot. Untersuchungen ergeben, dass sie offensichtlich einen natürlichen Tod gestorben ist. Neben ihr im Gras findet er außerdem ein aufgeschlagenes Märchenbuch, das ihm Rätsel aufgibt. Denn als noch weitere Senioren sterben, bei denen Märchenbücher gefunden werden, glaubt die Polizei an einen Serienmörder. Aber wer hat es auf unbescholtene ältere Menschen abgesehen? Eine harte Nuss für Kommissar Guntram und seinen Kollegen Mathias Sanders. Zum Glück kehrt Katrin Birgner zurück, die nach der letzten Ermittlung Zuflucht bei einer Freundin in München gesucht hatte. Sie liefert wichtige Hinweise zu dem Fall, gibt Guntram aber auch neue Rätsel auf. Und zu allem Überfluss keimt in ihm der Verdacht, dass seine Frau Siglinde ihn betrügt.

Für Elliot

Treuer Begleiter

Hund, Du bist mein bester Freund
Wenn ich schlafe, wachst Du über mich
Ich hab des Nachts von Dir geträumt
Es wär kein Leben, ohne Dich
Ich fühl mich nie allein mit Dir
Du gibst mir mehr als Wärme
Ich weiß genau, Du bist ein Tier
Doch schert's mich nicht in Ferne
Die Menschen wissen nie genau
Was voneinander sie erwartet
Ich weiß, wenn ich nur Dir vertrau
Dann bleibt mir viel ersparet

Die Dame vom Deich

Kommissar Guntram war mit den Nerven am Ende. Andauernd rief sein Vater ihn bei der Arbeit auf der Polizeidienststelle in Leer an, weil mit seiner Mutter irgendetwas schieflief.

»Ja, Papa, ich kümmere mich darum. Ich komme später nach Dienstschluss nochmal bei euch vorbei.« Mürrisch quetschte er das Handy in seine Hosentasche. Dass auch Siglinde keine Lust mehr hatte, ständig bei ihren Schwiegereltern Babysitter zu spielen, konnte er ja einerseits verstehen. Aber auf der anderen Seite fragte er sich, was sie denn so den ganzen Tag trieb. Die Kinder waren flügge, sie hatte bisher noch keine Arbeit gefunden und somit Zeit ohne Ende. Und trotzdem hatte sie vor vier Wochen klipp und klar erklärt, dass sie nicht gewillt sei, ihm immer den Rücken freizuhalten. Es ging so einfach nicht mehr weiter. Irgendwann mussten auch seine Eltern einsehen, dass sie nicht mehr ewig alleine in ihrem Haus leben konnten. Seine Mutter gehörte in Wirklichkeit schon lange in ein Pflegeheim nach ihrem dritten Schwächeanfall innerhalb des letzten halben Jahres. Aber es traute sich keiner so richtig mit der Wahrheit heraus. Sein Vater war mittlerweile weit über siebzig und selber auch gesundheitlich angeschlagen.

Jeden Tag sahen Pflegerinnen vom Seniorendienst nach den beiden. Warum also gingen sie nicht einfach zusammen in eine Einrichtung? Genau, das würde er heute Abend einfach mal nebenbei vorschlagen. Und das zweite Problem, das seit mehreren Monaten an ihm nagte, war seine Kollegin Katrin Birgner. Nach dem letzten Fall mit den Ermittlungen gegen die Firma Megawool in Essen und dem Mord in Weener hatte sie sich einfach bis auf weiteres beurlauben lassen. Er hatte seitdem nicht mehr auch nur ein Sterbenswörtchen von ihr gehört. Er wusste nicht, wo sie sich aufhielt und was mit ihr eigentlich los war. Nur der Kollege Mathias Sanders erzählte ab und zu von kurzen Telefonaten mit Katrin, in denen sie immer versicherte, dass alles soweit in Ordnung sei. Was auch immer das bedeuten mochte. Guntram fühlte sich manchmal wie ein einsamer Wolf, wenn er bei der Nachtschicht durch die Dienststelle schlich. Kein nettes Gespräch, wenn alles schlief. Keine Vertrautheit mehr mit der Kollegin, die die Einzige war, die ihn verstand. Jedenfalls hatte er das immer geglaubt. Nachdem sie ihn hier jetzt einfach so ohne weiteren Kontakt sitzen ließ, war er sich nicht mehr so sicher, dass sie wirklich wusste, was in ihm vorging. Und außerdem musste er jetzt die ganze Arbeit mit Mathias Sanders alleine machen, denn einen

Ersatz für eine beurlaubte Kollegin gab es schlicht und einfach nicht. Und das wurmte ihn.

Guntram sah auf die Uhr. Es war jetzt kurz nach drei. In der Dienststelle herrschte eine Ruhe, die alles zu lähmen schien. Es war Spätsommer und die Stadt voller Touristen. Ab und an musste mal eine Streife ausrücken, weil irgendjemand einen über den Durst getrunken hatte bei dem Wetter. Und bei der üblichen School's Out Party hatte es eine Schlägerei zwischen mehreren Jugendlichen gegeben. Es waren sogar Mädchen involviert gewesen. Daran musste man sich wohl heutzutage gewöhnen. Eine Weile blätterte er in Akten herum, die sich vor ihm auf dem Schreibtisch stapelten. Wie kam er nur aus dieser depressiven Stimmung wieder heraus? Er fühlte sich ganz auf sich allein gestellt, irgendwie nackt. Er war gezwungen, seinen eigenen Atem zu hören. Und das machte ihm Angst. Er war nicht der Typ für Reflexion. Er wollte gar nicht wissen, wie es ihm ging. Sein Telefon klingelte erneut.

»Ja?« Es war Mathias Sanders. Er wollte wissen, ob es okay sei, dass er jetzt schon Feierabend machte, er hätte noch etwas vor. »Natürlich, geh nur«, sagte Guntram und legte wieder auf. Er hätte ja selber auch noch etwas vor, dachte er bekümmert. Aber er hatte einfach keine Lust auf die Gespräche mit seinen Eltern, die sich immer im Kreis drehten. Musste er sich langsam daran gewöhnen, dass er jetzt für seine Eltern die Verantwortung zu übernehmen hatte? Er fühlte sich noch nicht reif dafür. Denn es bedeutete auch, sich auf einen langen Abschied einzulassen, der letztlich auch sein eigenes Altern beinhaltete. Geplagt von diesen Gedanken setzte er sich vor seinen PC und suchte nach Adressen von Pflegeeinrichtungen in der näheren Umgebung. Auf einigen Seiten sah er sich die nett eingerichteten Zimmer an, in denen alte Menschen auf ihren Tod warteten. Er erschrak über diesen Gedanken. Musste man es wirklich so schwarz sehen? Nein, es wurde nötig Zeit, dass er an die frische Luft kam. Er ging zu seinem Wagen und fuhr in Richtung Deichstraße. Dort stellte er seinen Wagen nach ein paar Kilometern ab und lief los. Die Sonne brannte ihm ins Gesicht. Wovor lief er hier eigentlich davon?, fragte er sich.

Er war schon ein gutes Stück am Deich entlang gelaufen, als ihn etwas, das in Ufernähe lag, stutzig machte. Er sah es nur von weitem. Für ihn sah es aus wie ein aufgeschlagenes Buch, dessen Seiten vom Wind hin und her geschleudert wurden. Hatte dort jemand einen schönen Nachmittag an der Ems verbracht und dann sein Buch vergessen? Das könnte sein. Neugierig lief Guntram etwas schneller. Und dann sah er, dass dort noch etwas anderes im hohen Gras lag. Ein menschlicher Körper. Als er an der Stelle angekommen war, erkannte er eine graue Wollhose und eine grüne Strickjacke. Es war eine Frau mit grauem Haar, das am Hinterkopf in einem leichten Knoten mit einer Spange zusammengehalten wurde. Ihr Gesicht sah er nicht, denn sie lag auf dem Bauch. «Hallo!«, sagte er, doch er wusste im selben Augenblick, dass für diese Frau jede Hilfe zu spät kam. Er drehte sie um und erschrak. Ihr von Falten gezeichnetes kleines Gesicht lächelte. Gerade so, als habe sie die Augen nur für einen Moment geschlossen und genieße die Sonnenstrahlen auf ihrer Haut. Plötzlich war es totenstill um ihn herum. Nur die Blätter in dem Buch, das neben ihr lag, wurden noch immer vom Wind verweht. Guntram legte die Frau wieder zurück in ihre Ursprungsposition und ging zu dem Buch. Er schlug es zu und sah, dass es sich um ein Märchenbuch handelte. Was hatte das alles zu bedeuten? Guntram griff zum Telefon und wählte Mathias Sanders Nummer.

»Ja, Mathias, hallo, ich bin's ... natürlich weiß ich, dass du schon frei hast. Aber ich habe eine Leiche, du solltest kommen.«

»Eine Leiche«, fragte Mathias Sanders. »Wo?«
»Am Emsdeich ungefähr auf Höhe der Abfahrt zum Emspark. Es ist eine alte Frau, sie liegt im Gras und ... ich weiß nicht, es ist alles irgendwie komisch. Ein Märchenbuch liegt neben ihr.«
»Okay, Jochen. Ich bin gleich da. Es kann aber ein bisschen dauern, weil ich gerade auf dem Weg nach Oldenburg war, als du anriefst.«
»Oldenburg? Was willst du da?«
»He, ich habe auch ein Privatleben, okay?«
»Ja, schon gut. Beeil dich.« Guntram legte auf und wählte gleich darauf die Nummer des Ermittlungsteams.

Es würde nicht lange dauern, und die Ruhe in dieser Idylle war dahin. Er sah sich um. Es war niemand sonst zu sehen. Über ihm kreisten ein paar Krähen und setzten sich ab und zu auf die Büsche in seiner Nähe. Er fühlte sich von ihnen beobachtet. Auf dem Deich liefen ein paar Schafe und stießen ins Grüne. Einige lagen auch einfach in der Sonne. Auf seltsame Weise fühlte er sich erleichtert bei dem Anblick. Er nahm sich das Buch und setzte sich damit ins Gras. Beim Herumblättern fiel ihm eine Seite auf, die ein Eselsohr hatte. Es war die Seite siebenundachtzig und hier begann das Märchen *vom Fischer und seiner Frau.* Vielleicht hatte die alte Dame hier zusammen mit ihrem

Enkelkind gesessen und ihm daraus vorgelesen. Und dann hatte sie vielleicht einen Herzinfarkt gehabt und das Kind war weggelaufen. Ja, so könnte es gewesen sein. Aber warum war dann noch niemand hier? Das Kind hätte doch bestimmt Hilfe gerufen. Oder war es ganz einfach eine einsame alte Frau, die in ihre Kindheit zurückkam und in Märchenbüchern las? Alleine hatte sie hier am Deich gesessen und die Sonne genossen. Und dann? Tja, was dann? Auch hierzu fiel Guntram keine plausible Erklärung ein. Und warum gab es kein Fahrrad hier in der Nähe? Er konnte sich schwerlich vorstellen, dass eine alte Dame mit so einem relativ dicken Buch unter dem Arm kilometerweit spazieren ging. Und wenn sie zum Beispiel eine Bewohnerin des Altenheims Heisfelde war, dann war dieser Weg bis hierher eindeutig zu weit. Bevor er sich noch weiter den Kopf zermartern konnte, traf das Team von der Spurensuche ein. Und sie hatten auch Gerichtsmediziner Karl-Heinz Piepwitz im Schlepptau.
»Was machst du da?«, fragte Piepwitz, als er Guntram im Gras sitzen sah. »Was ist das für ein Buch, das du da in der Hand hältst?«

»Tja, ich weiß es auch nicht ... ein Märchenbuch.«
»Gehörte es der Toten?« Piepwitz deutete auf die Frau, die noch immer reglos auf dem Bauch lag. Ein bunter

Schmetterling hatte sich auf ihre Strickjacke gesetzt und bewegte leicht die Flügel in der Sonne. »Das weiß ich nicht. Aber ich vermute schon«, sagte Guntram mehr zu sich selbst und klappte das Buch zu. »Es lag hier neben ihr aufgeschlagen im Gras. Und weil die Seiten vom Wind hin und her geweht wurden, ist es mir auch zuerst aufgefallen, als ich hier entlang gelaufen bin.« »Was hast du denn hier gewollt?«

»Frische Luft ... ich brauchte frische Luft.« »Du gefällst mir ganz und gar nicht«, raunte Piepwietz, »aber ich muss mich jetzt zunächst einmal um die Tote kümmern. Auf dich komme ich später zurück.« Guntram legte das Buch zur Seite und stand mühsam auf. Er lief um Piepwitz herum und sah sich gemeinsam mit ihm die Leiche von allen Seiten an. »Was denkst du, wie lange ist sie schon tot?«

»Hm, schwer zu sagen. Sie ist noch sehr warm, aber das könnte auch von der Sonne kommen. Ich schätze mal, so höchstens zwei Stunden, länger auf keinen Fall.« »Ob sie eines natürlichen Todes gestorben ist, was meinst du?«
»Jochen, ich arbeite nicht als Hellseher. Aber äußerliche

Gewaltanwendung scheidet schon mal aus. Sie ist so um die siebzig, würde ich sagen. Da kann es natürlich auch ein Herzinfarkt oder etwas in der Richtung gewesen sein.« »Sieht sie dafür nicht viel zu gesund aus?«, fragte Guntram und rieb sich das Kinn.

»Gesund? Sag mal, bist du sicher, dass mit dir alles in Ordnung ist? Seit wann sehen Tote gesund aus? Also wirklich ... es wird höchste Zeit, dass Katrin wiederkommt.« Als er die letzten Worte ausgesprochen hatte, bemerkte Piepwitz erst, was er da gerade gesagt hatte. Er wusste doch zu genau, wie sehr Guntram litt, seitdem Katrin weg war. Und dann das. »Sorry, das wollte ich nicht sagen.« Piepwitz fasste nach Guntrams Arm. »Es ist mir nur so rausgerutscht.«

»Kein Problem«, sagte Guntram knapp und entzog sich der Berührung. Dann drehte er sich zum Wasser und zog sein Handy hervor und suchte in der Anrufliste herum. Piepwitz wandte sich wieder der Leiche zu. »Sie hat keine Papiere, wusstest du das schon?«

»Nein, so genau habe ich sie noch nicht untersucht. Ich war mit dem Buch beschäftigt.«

Erleichtert registrierte Piepwitz, dass sein Kollege wieder einen normalen Tonfall anschlug. »Also, für mich ist hier die Arbeit beendet. Wenn sie in Oldenburg in der Gerichtsmedizin ist, geht's weiter. Oh, da kommt ja auch der junge Kollege, hallo Mathias.« Piepwitz winkte Mathias Sanders zu, der gerade eingetroffen war.

»Sorry, hat ein bisschen gedauert«, sagte Mathias Sanders entschuldigend. »Es gab noch einen kurzen Stau in der Heisfelder Straße, Feierabendverkehr.«

»Aber du kamst doch aus Oldenburg, wieso warst du dann da hineingeraten?«

»Ich musste noch jemanden nach Hause bringen.« »Aha, sie wohnt wohl in der Innenstadt«, grinste Guntram. »Ich sag nur Privatleben«, wehrte Mathias Sanders ab. »Also, was haben wir hier. Wie ein Date von dir sieht das jedenfalls nicht aus.«

Kommissar Guntram und Piepwitz brachten Mathias Sanders auf den Stand der Dinge. Sie vereinbarten, dass sie sich in etwa zwei Stunden mit den ersten Ergebnissen in der Dienststelle zusammensetzen wollten. Und erst nach dem Untersuchungsergebnis von Piepwitz war ja überhaupt klar, ob es sich um einen Fall für die Mordkommission handeln würde.

Siglinde Guntram

»Also ... natürlich komme ich gleich gerne noch bei euch vorbei. War denn Jochen heute noch nicht da? Er hatte es versprochen.« Genervt legte Siglinde Guntram den Hörer nach einem kurzen Telefonat mit ihrem Schwiegervater auf. Wieder einmal hinge seine Frau in den Seilen, hatte er gestöhnt. Ich habe dazu einfach keine Lust mehr, grummelte Siglinde Guntram in sich hinein. Was ging sie das Ganze überhaupt an? Wo stand das Gesetz geschrieben, dass sie sich automatisch um die Eltern ihres Ehemannes zu kümmern hatte, nur weil sie keiner Beschäftigung nachging? Wütend lief sie durchs Haus und schubste Whisky beiseite, der sich wie immer direkt vor dem Eingang zum Wohnzimmer schlafen gelegt hatte. Da klingelte das Telefon schon wieder. Lass es einfach klingen, mahnte sich Siglinde, und lief schnurstracks nach oben ins Schlafzimmer und warf sich aufs Bett. Sie merkte nicht, dass sie innerhalb nur weniger Minuten in einen traumlosen Schlaf hinüberglitt. Er dauerte nur kurz, und als sie wieder erwachte, fühlte sie sich wie gerädert. Ihr Mund war trocken und pelzig. War das jetzt ihr Leben? Sich nachmittags aufs Bett werfen und einfach dahindämmern? Wie war sie eigentlich von der Rolle als fürsorgende Mutter in diese erbärmliche Situation geraten? Sie fühlte sich überflüssig und nutzlos. Unten im

Flur hörte sie Whisky winseln. Vermutlich musste das Tier nach draußen. „Ich komm gleich“, rief sie und erhob sich vom Bett. Im Badezimmer warf sie sich eine Handvoll kaltes Wasser durchs Gesicht und blickte in den Spiegel. Hin und her gerissen von dem Gefühl, wegsehen zu müssen und nicht akzeptieren zu wollen, schnitt sie sich schließlich eine Grimasse und ging nach unten. Als Whisky in den Garten gerannt war, klingelte das Telefon erneut.

»Ja hallo…«, sagte sie in den Hörer, nachdem sie abgenommen hatte.
»Hallo, ich bin's, Jochen. Du, wir haben einen Fall, ich werde nicht wie vereinbart zu meinen Eltern fahren können. Kannst du eventuell mal bei ihnen vorbeisehen?«
»Ich fasse es nicht! Bin ich denn das Kindermädchen deiner Eltern?«
»Nein, natürlich nicht. Aber sag mal, warum regst du dich denn so furchtbar auf?«
»Das würdest du sowieso nie verstehen.«

Es entstand eine unangenehme Pause und Guntram hörte das Atmen seiner Frau. Was konnte er ihr zur Entschuldigung noch sagen? Und warum war es überhaupt so kompliziert geworden in seiner Ehe? Andere Ehefrauen kümmerten sich doch auch um alles. Was war nur in seine

Frau gefahren, dass sie so bockig reagierte? Als er die Stille nicht mehr ertrug, räusperte er sich. »Du, ich beeile mich, versprochen. Aber im Moment kann ich hier einfach nicht weg. Wir haben eine Leiche am Deich gefunden. Es ist eine ältere Frau. Es geht jetzt einfach nicht. Bitte, hilf mir noch dieses eine Mal und später reden wir dann über alles.« Er lauschte in den Apparat. Es tat sich nichts. Schließlich hörte er nur noch, wie Siglinde auflegte. Er hoffte, dass sie zu seinen Eltern fahren würde. Er selber musste sich jetzt um andere Dinge kümmern.

Matt ließ sich Siglinde Guntram auf den Küchenstuhl fallen. Whisky kam wieder ins Haus gerannt und sah sie schwanzwedelnd an. Sie ließ ihre Hand über den Rücken des Hundes gleiten. Es fühlte sich gut an. Berührungen fehlten ihr, seitdem die Kinder nicht mehr im Haus waren. Ihr Sohn studierte Informatik und die Tochter machte eine Ausbildung zur Ergotherapeutin. Ihre Aufgabe als Mutter schien erfüllt und sie war stolz auf die beiden. Als sie noch zuhause waren, hatte es immer einen Grund für eine kurze herzliche Umarmung gegeben. Und jetzt? Wann hatten sie und ihr Mann sich ... nein, sie mochte diesen schmerzlichen Gedanken nicht zu Ende führen. Sie spürte, wie erste Tränen sich in ihren Augenwinkeln sammelten. Whisky stieß seine Nase in ihre Hand und rieb sich an ihr.

»Komm, kleiner Freund. Wir fahren jetzt zu deinen Großeltern.« Sie versuchte ein kleines Lächeln. Und auch der Hund machte sich auf den Weg in den Flur.

Etwa dreißig Minuten später klingelte Siglinde Guntram an der Tür ihrer Schwiegereltern.
»Da bist du ja endlich«, begrüßte sie Jürgen Guntram. »Mutter geht es heute gar nicht gut. Warum kommt den Jochen nicht?« Er wartete nicht auf weitere Erklärungen seiner Schwiegertochter und lief voraus ins Wohnzimmer, wo seine Frau Gertrud in einem Krankenbett, das von der Diakonie vor einigen Wochen gebracht worden war, mit geschlossenen Augen lag. Sie atmete flach. »Gertrud«, sagte Jürgen Guntram, »die Siglinde ist da.« Gertrud Guntram schlug die Augen auf und sah mit glasigem Blick ins Leere. »Siehst du«, sagte Jürgen Guntram, »da stimmt doch was nicht. Ob wir einen Arzt rufen sollten?«
Siglinde Guntram trat an das Krankenbett und strich ihrer Schwiegermutter über die fahlgraue Hand. »Es ist sicher das Beste«, sagte sie schließlich und zog sich einen Stuhl heran. Während ihr Schwiegervater telefonierte, versuchte sie, den Kontakt zu ihrer Schwiegermutter herzustellen. Diese Frau kam ihr so unendlich fremd vor. Genau wie ihr Ehemann. Sie fühlte sich plötzlich so falsch in ihrem eigenen Leben. Was machte sie hier? Wer waren diese

Leute? Und warum war sie plötzlich zur wichtigsten Person für sie geworden? Die Gedanken verschwammen und sie fühlte sich einer Ohnmacht nahe. Sie war noch keine fünfzig Jahre alt und empfand eine Leere, die sie lähmte.
»Er kommt sofort.« Jürgen Guntram kam zurück ins Wohnzimmer. »Mein Gott, wenn das bloß gutgeht. Und warum ist eigentlich Jochen noch nicht hier?«
»Er hat zu tun«, sagte Siglinde Guntram wie in Trance.
»Das hat er doch immer…« Jürgen Guntram lief in die Küche und setzte Teewasser auf.

Nachdem der Arzt eingetroffen war und Gertrud Guntram abgehört und untersucht hatte, konnte er die Familie beruhigen. »Es ist nur das drückende Wetter, das geht vielen älteren Menschen heute so. Aber es ist trotzdem gut, dass Sie mich angerufen haben, denn ich denke, wir sollten uns mal über die Möglichkeit unterhalten, dass Ihre Schwiegereltern in ein Pflegeheim ziehen sollten.« Bei den Worten sah er Siglinde Guntram an.

»Das ist sicher etwas, was sie besser mit meinem Mann besprechen«, meinte Siglinde Guntram, »ich bin ja nur die Schwiegertochter.«
»Das mag sein«, sagte der Arzt, »aber in der Regel sind es doch die Frauen, die sich um die Eltern kümmern, habe ich

recht.«
»Offensichtlich«, sagte Siglinde Guntram matt. »Wir können ja einen Tee trinken und dabei Überlegungen anstellen.« Sie setzte sich mit dem Arzt und Jürgen Guntram in die Küche. Dieser hatte nur stumm dem Gespräch zugehört und blickte besorgt in den Garten.
»Ich weiß nicht, ob ich das kann«, sagte Jürgen Guntram schließlich. »Dies ist doch mein Zuhause.« Siglinde Guntram sah, dass seine Lippen dabei leicht zitterten. Sie konnte ihn nur zu gut verstehen. Wer gab einem denn das Recht, Menschen, nur weil sie älter wurden, einfach aus ihrem Zuhause herauszunehmen und in ein Heim zu bringen? Aber sie konnte sich auch nicht vorstellen, ihre Schwiegereltern bei sich zuhause aufzunehmen. Sie wunderte sich, dass dieser Gedanke noch nicht ausgesprochen worden war, denn Platz gäbe es allemal genug dafür. Sie war sich sicher, dass Jochen, wenn er überhaupt schon einmal solche Gedanken gehegt hatte, es niemals wagen würde, diesen Vorschlag zu machen. Er spürte zu genau, dass alles nur noch am seidenen Faden hing.
»Wissen Sie«, sagte der Arzt und verrührte das Sahnewölkchen in seinem Tee, »es gibt viele Patienten von mir, die anfangs sehr skeptisch waren, als ich ihnen eine Heimunterbringung vorschlug. Aber als sie dann erst mal

umgezogen waren, waren sie total begeistert.«
»Ach ja?« Jürgen Guntram biss auf den Kandis, den er sich mit dem Teelöffel in den Mund geschoben hatte.
»Ja, denn es gibt eine Menge an Unterhaltung in so einer Einrichtung. Man lernt Menschen kennen, findet einen netten Freundeskreis und ist durch die Pfleger den ganzen Tag versorgt. Auch ein Arzt sieht ständig nach Ihnen. Es ist wirklich die beste Lösung, finden Sie nicht auch, Frau Guntram.« Er sah Siglinde an. Sie zuckte mit den Schultern. Bei ihren Eltern war diese Entscheidung noch nicht nötig, denn sie waren äußerst rüstig und mobil. Sie verreisten zweimal im Jahr, hatten einen Kegelclub und weitere gesellschaftliche Verpflichtungen als ehemalige Geschäftsleute von Leer, so dass jeder Tag mit Leben gefüllt war. Sie konnte sich gar nicht vorstellen, sie irgendwann in einer Einrichtung unterzubringen. Und jetzt sollte sie plötzlich zu solch einer Entscheidung Stellung nehmen, die sie im Grunde gar nichts anging.
»Ich weiß es nicht«, sagte Siglinde Guntram schließlich, als sie spürte, dass zwei Augenpaare sie anstarrten und gespannt auf ihre Antwort warteten. »Wie gesagt, das müssten Sie eigentlich mit meinem Mann besprechen, Herr Doktor.«
»Wie Sie meinen«, sagte der Arzt leicht irritiert. »Dann sollte er vielleicht einmal in den nächsten Tagen bei mir

vorbeischauen. Würden Sie ihm das bitte ausrichten?«
»Aber sicher«, sagte sie erleichtert und stand auf. »Ich muss jetzt auch wieder los, Werner. Ruf mich an, wenn es Gertrud wieder schlechter geht, ja?«
Die beiden Männer sahen sie schweigend an, als sie Whisky an die Leine legte und zum Wagen lief.

»Sie hat Gertrud nicht einmal mehr tschüss gesagt«, raunte Jürgen Guntram und sah den Arzt vorwurfsvoll an.
»Ich werde dann auch mal aufbrechen«, sagte der Mediziner. »Wenn es Ihrer Frau wieder schlechter gehen sollte, dann geben Sie ihr eine von diesen Tabletten, die regen den Kreislauf an.« Er reichte Jürgen Guntram eine kleine Schachtel und verabschiedete sich.
Als Siglinde Guntram in den Wagen gestiegen war, fuhr sie ziellos durch die Straßen. Sie hatte keine Lust, nach Hause zu gehen. Es wartete niemand auf sie. Und so entschloss sie sich irgendwann, sich auf den Weg nach Emden zu machen und sich dort in der Innenstadt in ein Café zu setzen. Einfach mal das Leben und die Sonne genießen. Auch ihr stand das zu. Sie war sich sicher, dass Jochen erst wieder spät am Abend nach Hause kommen würde. Also hatte sie genügend Zeit, auch einmal etwas für sich zu tun. Es war bereits später Nachmittag, als sie den Wagen in der Nähe von *Dat Otto Huus* parkte. Sie fühlte sich befreit und

lief mit Whisky in Richtung des *Cafetje*. Sie setzte sich an einen freien Tisch im Außenbereich und bestellte sich ein Kännchen Kaffee und ein Stück Sahnetorte. An den Nebentischen saßen fast nur ältere Paare. Aber es fühlte sich auf unbestimmte Weise gemütlich an, hier unter Fremden. Nur an einem Tisch in unmittelbarer Nähe saß ein Mann mittleren Alters. Er war augenscheinlich alleine und blätterte in einer Zeitung. Aus dem Augenwinkel heraus beobachtete sie, wie er mit langen schlanken Fingern seine Tasse an den Mund führte. Er wirkte gediegen, aber nicht langweilig. Sie schätzte, dass er in etwa so groß war wie Jochen, doch er hatte kein Übergewicht. Vermutlich gehörten Chips nicht zu einem Ernährungsplan. Er trug eine schwarze Cordhose mit einem beigefarbenen Hemd und einen dunklen Pullover. Sein Haar war dunkel, zeigte aber einen deutlichen Grauansatz, der ihm etwas äußerst Attraktives verlieh. Als ihre Bestellung gebracht wurde, schreckte sie auf. »Oh, vielen Dank«, sagte sie und tat etwas Zucker und Milch in ihre Tasse, bevor sie den Kaffee eingoss. Dann aß sie von ihrer Torte und ließ ihren Blick weiter durch den Raum wandern. Sie fragte sich, wie viele dieser älteren Paare wohl in einem Heim untergebracht waren. Sie gehörte eindeutig nicht zu dieser Personengruppe, in deren Gesellschaft sie sich jetzt befand. Warum fühlte sie sich dann aber so wohl hier?

»Darf ich mich zu Ihnen setzen?« Erschrocken blickte Siglinde Guntram auf. Vor ihr stand der Mann vom Nebentisch, den Sie so intensiv studiert hatte. Ob ihm das aufgefallen oder gar lästig geworden war? »Gerne«, sagte sie schließlich und zog Whisky ein wenig beiseite.

»Sie sind nicht oft alleine unterwegs, habe ich recht?« Der Mann hatte seine Zeitung auf den Tisch gelegt und sich einen Stuhl zurechtgerückt. Jetzt sah er Siglinde aus tiefdunklen Augen neugierig an. Ihr wurden die Knie weich. Es war so lange her, dass ein Mann auf sie zugekommen war. Ja, überhaupt Interesse an ihrer Person gezeigt hatte. Wie sah sie heute überhaupt aus? Sie erinnerte sich nur noch daran, dass sie leicht zerwühlt aus dem Bett aufgestanden war und in den Spiegel gesehen hatte. Sie sah an sich herunter. Eine Jeans, ein dunkelblauer Pullover und ein geblümtes Tuch. Das ging ja noch.
Sie bedauerte, dass sie ihre Haare heute nicht gewaschen hatte. Bestimmt sahen ihre dunklen Locken leicht zerdrückt aus.

»Ich, ähm...« Sie fand kaum Worte. Verlernte man den Umgang irgendwann? »Nun, es war nur ... ich hatte ein bisschen Zeit und da dachte ich, es wäre doch nett bei dem schönen Wetter ... deshalb bin ich nach Emden gefahren.«
»Sie wohnen nicht hier?«, fragte der Mann und bestellte sich ein weiteres Kännchen Kaffee, als die Bedienung an den Tisch trat und ihm seine Tasse nachbrachte.
»Nein, ich komme aus Leer.«
»Ach, das ist ja interessant. Leer ist auch eine schöne Stadt«, sagte er und reichte ihr die Hand. »Manfred Wegener.«
»Siglinde Guntram«, sagte sie, nachdem sich seine schlanken Finger um ihre Hand gelegt hatten.
»Haben Sie heute Ihren freien Tag?«
Sie schüttelte mit dem Kopf. Sollte sie ihm jetzt schon alles erzählen von ihrem Alltag? Und offensichtlich erwartete er, dass sie berufstätig war. »Ich arbeite nicht«, sagte sie schließlich und sah ihn entschuldigend an.
»Dann sind sie sicher verheiratet und kümmern sich ganz rührend um Ihre Familie, nehme ich an.« Der Mann schien in keinster Weise unangenehm berührt von der Tatsache, dass sie vermutlich nur eine Hausfrau war.
»Na ja«, sagte Siglinde Guntram. »Meine Kinder sind aus dem Haus und jetzt suche ich quasi nach einer sinnvollen Beschäftigung.

Heute Nachmittag habe ich mich um meine Schwiegereltern gekümmert, aber das ist natürlich auch keine befriedigende Aufgabe.«

»Oh, sagen Sie das nicht. Es könnte eine werden, das weiß ich aus Erfahrung. Meistens bleibt das bei den Frauen hängen, wenn Sie verstehen, was ich meine.«
»Sie haben völlig recht«, pflichtete ihm Siglinde Guntram bei. »Im Moment sieht es so aus, als ob ich sogar entscheiden soll, ob meine Schwiegereltern in eine Einrichtung umziehen, weil es wohl nicht mehr anders geht.«
»Und Ihr Mann? Was sagt er dazu?«
»Das weiß ich noch nicht. Der Gedanke ist ganz neu, weil ich eben mit dem Hausarzt meiner Schwiegereltern gesprochen habe. Und mein Mann arbeitet meistens sehr lange. Ich werde das wohl heute Abend oder am Wochenende mit ihm besprechen müssen.«
»Sehr glücklich hört sich das Ganze aber nicht an, wenn Sie mir die Bemerkung erlauben.« Er sah sie ernst an und wartete offensichtlich auf weitere Erklärungen.
»Glücklich? Wer ist das schon?«, sagte Siglinde Guntram und sah auch ihm direkt ins Gesicht.
»Man muss das Glück auch zulassen«, sagte er und lächelte sie an. »Aber wenn ich Ihnen etwas raten darf in

Bezug auf Ihre Schwiegereltern, dann sollten Sie sich die Einrichtung, die Sie ins Auge fassen sehr genau ansehen.«
»Kennen Sie sich in dem Bereich aus?«, fragte sie und war froh, endlich mit jemandem darüber sprechen zu können.
»Nun ja, aus dem Bekanntenkreis und man liest ja auch eine ganze Menge darüber.«
»Sicher, über den Pflegekräftemangel und von alten Menschen, die ans Bett gefesselt werden, weil sie zu pflegeintensiv werden, habe ich auch schon Berichte im Fernsehen verfolgt«, sagte Siglinde Guntram.
»Man muss ja nicht alles nur schwarz sehen, es gibt sicher auch gute Pflegeheime, aber man muss sicher genau hinsehen.«
»Das ist ja ein schöner Zufall, dass ich ausgerechnet Sie heute hier treffe«, sagte Siglinde Guntram zufrieden und bestellte sich noch ein Kännchen Kaffee. »Wie ich schon sagte, mein Mann hat eher wenig Zeit für diese Dinge.«
Sie unterhielten sich noch eine Weile über das Älterwerden und wichen dann irgendwann auf Themen wie Ehe, das Leben und die Liebe aus. Ganz wie von selbst wusste er nach einer Stunde vielleicht mehr über ihre Gedankenwelt, als Jochen Guntram je erfahren würde.

Kommissar Guntram

Kommissar Guntram saß zusammen mit seinen Kollegen in der Polizeidienststelle. Mittlerweile war der Name der Toten bekannt. Sie hieß Lieselotte Winter und hatte in einer Zweizimmerwohnung in der Evenburgallee in Leer gelebt. Mathias Sanders hatte ihre Wohnung untersucht und einen Kanarienvogel gefunden, den er ins Tierheim bringen ließ. Guntram hatte sich mit dem Hausarzt kurzgeschlossen, der beim ersten Gespräch von keinen ernsteren Krankheiten berichten konnte. Als Karl-Heinz Piepwitz aus Oldenburg eintraf, konnte die Besprechung beginnen.

»Sie scheint eines natürlichen Todes gestorben zu sein«, begann Gerichtsmediziner Piepwitz.
»Es deutet nichts auf Gewalteinwirkung oder den Einsatz von giftigen Substanzen hin.«
»Aber der Hausarzt hat mir gegenüber erklärt, dass sie im Grunde keine größeren gesundheitlichen Einschränkungen hatte«, wandte Guntram ein. »Woran also ist sie denn jetzt genau gestorben?«

»Es war vermutlich das Herz«, meinte Piepwitz. »Es kommt immer wieder vor, dass Menschen urplötzlich einfach sterben, so merkwürdig sich das auch anhört.«

»Könnte es denn mit der Witterung heute zu tun haben?«, fragte Guntram. »Es heißt ja immer, dass ältere Menschen damit Schwierigkeiten haben, wenn es schwül ist.«
»Das kann schon sein«, meinte Piepwitz.
»Es ist immer schwer, die Todesursache konkret zu bestimmen bei plötzlichem Herztod.«
»Klingt alles ziemlich unbefriedigend«, raunte Guntram. »Aber dann ist es ganz offensichtlich kein Fall für uns. Hast du noch etwas anderes herausbekommen, als du in ihrer Wohnung warst, Mathias?«, fragte er.

Mathias Sanders schüttelte mit dem Kopf. »Außer einem Kanarienvogel war da nichts, was mich weiter beschäftigt hätte. Ich habe das Tier in ein Tierheim bringen lassen.«
»Das war sicher eine gute Idee«, sagte Guntram. »Piepwitz, wenn du doch noch was finden solltest, was auf Mord hinweist, dann gib uns bitte Bescheid. Ich werde dann jetzt mal Feierabend machen, denn offensichtlich sind wir fertig für heute. Ich muss auch noch bei meinen Eltern vorbei, weil ... ach. Also, dann schönen Feierabend euch allen.« Er stand auf und verließ die Dienststelle.

Zunächst lenkte er seinen Wagen in Richtung seiner Eltern und bog dann doch in letzter Sekunde in die Richtung seines Hauses ab. Du bist ein elender Feigling, dachte er, als er den Wagen auf die Umgehungsstraße nach Logabirum lenkte. Verwundert stellte er nach kurzer Zeit seinen Wagen auf die Auffahrt. Der Wagen von Siglinde war weg. Vermutlich ist sie bei meinen Eltern, während ich mir jetzt einen schönen Abend mache, dachte er reumütig und lief ins Haus. Auch Whisky war nicht da und das Haus lag in Schweigen gehüllt. Es hütete viel zu viele offene Fragen, dachte er und schenkte sich im Wohnzimmer einen Whisky ein. Aus der Anrichte zog er eine Tüte Chips hervor und setzte sich damit auf den alten Sessel. Während die Flüssigkeit in seine Kehle rann, musste er an Katrin Birgner denken. Wo war sie jetzt? Dachte sie auch mal an ihn? Sein Herz machte einen Satz, als er den Schlüssel in der Haustür hörte. Siglinde kam nach Hause und Whisky rannte auf ihn zu und schleckte wild an seinen Händen, die nach Gewürzen und Kartoffeln schmeckten.

»Oh, du bist schon zu Hause?« Siglinde kam ins Wohnzimmer gelaufen und drückte ihm im Vorbeigehen einen Kuss auf die Wange.
»Warst du so lange bei meinen Eltern?«
»Ja ... ich war heute Nachmittag dort. Der Hausarzt war auch da«, antwortete sie schnell und fügte hinzu, dass man über eine Einrichtung gesprochen habe, bevor Guntram weiter nachfragen konnte, wo sie denn die restlichen

Stunden verbracht hatte. »Der Arzt meint, es sei das Beste, wenn sie in ein Heim kommen, dann sind sie nicht mehr so allein.«

»Und was sagt mein Vater dazu?«, fragte Guntram und nahm den letzten Schluck Whisky.

»Das solltest du ihn vielleicht selber fragen«, meinte Siglinde. »Ich kann dir diese Entscheidung nun wirklich nicht abnehmen.«

»Ja, ich weiß. Aber du wirst doch sicher eine Meinung dazu haben. Stell dir doch einfach vor, es wären deine Eltern.«

»Für meine Eltern steht das im Moment nicht zur Debatte, das weißt du. Außerdem weichen wir damit vom Thema ab.«

»Hm ... du willst nicht wirklich mit mir darüber sprechen, hab ich recht?«

»Ich weiß es nicht, Jochen. Der Hausarzt möchte auch noch einmal mit dir darüber reden. Du sollst dich bei ihm melden, wenn du Zeit hast.«

»Ja, das kann ich machen.« Es entstand eine Stille im Raum, die beide als bedrückend empfanden. Allerdings hatte Guntram auch den Eindruck, dass Siglinde irgendwie verändert aussah. Er konnte es nicht genau in Worte fassen, aber etwas an ihr war anders.

»Ich mache uns dann mal etwas zu essen«, sagte Siglinde schließlich und lief leichten Schrittes in die Küche.

Guntram kam es fast so vor, als wiche sie ihm aus. Auf der anderen Seite war er auch sehr froh darüber. Auch er hatte ja eigentlich keine Lust auf dieses Thema. Und über was sollten sie eigentlich sonst noch reden? Das taten sie doch schon lange nicht mehr. Er schenkte sich noch einen Whisky ein und ließ sich aufs Sofa fallen. Whisky sprang zu ihm rauf und ließ sich bereitwillig kraulen. »Wenn das jetzt mein Leben sein soll«, raunte Guntram dem Tier hinters Ohr, »dann möchte man ja fast lieber ein Hund sein.« Mit einem wehmütigen Lächeln sah er aus dem Wohnzimmerfenster in den Garten und wünschte sich weit weg von hier. Oder zumindest in die Nähe von Katrin, das hätte ihn auch schon für alles entschädigt.

»Kommst du, Jochen?«, rief Siglinde nach einer Weile aus der Küche und er stand auf und lief zu ihr hinüber. »Ich habe uns einen kleinen Salat gemacht und dazu essen wir Brot, mein Hunger ist heute nicht so groß.« Sie setzte sich an den Tisch und fing ohne weitere Erklärungen mit dem Essen an. Jochen setzte sich ihr gegenüber und beäugte sie neugierig. Ihre Haut sah rosig aus und ein kleines Lächeln umspielte ihre Mundwinkel, auch wenn sie wohl versuchte, dieses zu unterdrücken.
»Wo warst du eigentlich noch heute?«, fragte Guntram schließlich, als ihm seine Neugier keine Ruhe mehr ließ.

»Wie meinst du das?«, fragte Siglinde.
»Nun, du warst doch sicher nicht bis zum Abend bei meinen Eltern, oder?«
»Ach so ... nein, ich war noch einen Kaffee trinken mit einer Freundin.«
»Mit wem denn?«
»Seit wann interessiert dich das denn?«
»Ach, nur so.« Er biss von seinem Brot ab und grübelte weiter. »Ich gehe nach dem Essen noch mal mit Whisky raus«, sagte er schließlich.
»Mach das«, antwortete Siglinde geistesabwesend und sah an ihm vorbei in den Garten.

Der Pfleger

Jens Drewes machte sich wie jeden Tag fertig für die Arbeit. Er nahm sich dafür ein wenig mehr Zeit, denn heute hatte er Nachtschicht, und die fing erst in fünfundvierzig Minuten an. Es gibt Momente, da wacht man in seiner kleinen Welt auf. Und so einen Moment, den erlebte auch Jens Drewes. Es kam überraschend. Aber nicht unerwartet. Er hatte schon immer gefühlt, dass irgendetwas in ihm lauerte. Schon seit frühester Kindheit gezwängt in ein Korsett aus Regeln und Anstand war ihm das Stillhalten nicht fremd. Wegsehen. In seiner Tätigkeit als Pflegekraft im Krankenhaus hätte er das ein ums andere Mal lieber getan. Wegsehen. Nicht mehr die vielen Fragen hören, die Menschen plagten, die ihr Ende vor Augen sahen. Es war für Jens Drewes nicht leicht gewesen, das zu ertragen. Und mit der Zeit war es immer schwerer geworden. Zu schwer für ihn. Und das, obwohl er sich diesen Beruf durchaus gewünscht und zugetraut hatte. Alte Menschen hatten etwas Versöhnliches. Bei ihrem Anblick hatte er sich immer mit seiner Kindheit arrangieren können. Doch irgendwann hatte er es einfach nicht mehr ausgehalten. Den Druck, wenn jemand ihn traurig ansah, und er ihn einfach liegen lassen musste, weil der nächste wartete. Immer öfter hatte er sich dabei erwischt, dass er sich auf dem Flur erst einmal ein paar Tränen wegwischen musste. Als er auch immer öfter abends alleine in seiner Wohnung saß und weinte, hatte er den Job schließlich gekündigt.

Und jetzt arbeitete er in der Tagespflege, das verschaffte ihm mehr Abstand. Er besuchte die alten Menschen oft zuhause in ihrer gewohnten Umgebung. Dort machten sie einen friedlichen Eindruck, auch wenn es ihnen schlecht ging. Es sei der Geruch, hatte ihm einmal ein alter Mann ins Ohr geflüstert, als er ihn aus dem Bett hob. Der Geruch nach einem selbst, der mache einen glücklich. Nie würde er sein Zuhause verlassen wollen. Und er wünsche sich, dass Jens Drewes ihm zur Seite stand, wenn er selber nicht mehr so könne. Es war Jens Drewes egal, wenn er ein paar Minuten länger als vorgeschrieben bei den Einzelnen verbrachte. Er schrieb die Zeit dann einfach nicht auf und nahm es auf seine Kappe. Er wollte endlich Menschen glücklich machen. Und wenn seine eigene Freizeit dabei draufging oder gar sein Verdienst geschmälert wurde, dann war das eben so.

Sein erster Krankenbesuch würde ihn heute zu Enno Peters, einem alleinstehenden Postbeamten, der seinen Hausstand in einer Blockwohnung noch alleine bewirtschaftete, führen. Und dass, obwohl er bereits zwei

Schlaganfälle zu verkraften gehabt hatte. Doch sein Zuhause zu verlassen, das kam für den alten Mann einfach nicht in Frage. Und so war er mehr als erfreut gewesen, als er in Jens Drewes einen Pfleger gefunden hatte, der endlich nicht mehr versuchte, ihn zu einem Umzug in ein Pflegeheim zu überreden. Zwischen den beiden Männern hatte sich eine Art Freundschaft entwickelt. An diesem Abend bereitete Enno Peters deshalb einen kleinen Imbiss vor, den er gemeinsam mit Jens Drewes nehmen wollte. Er bezahlte gerne drauf, wenn es um seine Gesellschaft ging. So viel Glück hatte er im Leben nicht gehabt, wenn es um das Zwischenmenschliche ging. Eine Ehe, die fast dreißig Jahre gehalten hatte, wurde von seiner Frau vor drei Jahren beendet, als ihn sein erster Schlaganfall heimsuchte. Mit dem weiblichen Geschlecht hatte er ein für allemal abgeschlossen. Zuerst hatte er überlegt, sich einen Hund anzuschaffen, aber von dieser Idee hatte er Abstand genommen, als ihn nach nicht einmal drei Monaten der zweite Schlaganfall erwischte. Er hatte nie geraucht oder übermäßig getrunken in seinem Leben. Warum also erwischte es gerade ihn? Noch bevor er weiter darüber nachgrübeln konnte, klingelte es an seiner Tür. Als er öffnete, hatte er keine Gelegenheit mehr, um noch genau zu erfassen, was eigentlich geschah. Vor ihm stand eine

Person in einem grünen Kostüm mit einer bunten Maske. Dann verlor er das Bewusstsein.

Siglinde Guntram

Siglinde Guntram drehte sich vor dem Spiegel hin und her. Bereits zum dritten Mal hatte sie sich nun umgezogen und war immer noch unzufrieden. Als Guntram nach dem Frühstück endlich das Haus verlassen hatte, hatte sie fieberhaft in ihrem Kleiderschrank gewühlt. Entweder waren die Sachen, die sie anziehen wollte, abgegriffen, oder sie passten schlicht nicht mehr. Sie sah auf ihre Armbanduhr. Gleich war es neun. Sie war aber erst zu Mittag mit Manfred Wegener verabredet. Also bliebe eigentlich noch genügend Zeit, um sich schnell etwas Neues zum Anziehen zu besorgen. Sie schob Whisky, der sich vors Bettende gelegt hatte, beiseite und zog sich ihre Jeans und einen Pullover über. Dann rannte sie nach unten und verließ eiligst das Haus. Whisky war ihr voller Erwartung nachgerannt und stand jetzt irritiert im Flur. Schließlich legte er sich in seinen Korb, der in der Küche stand, und schlief nach kurzer Zeit ein.

Als Siglinde Guntram ihren Wagen auf dem Parkplatz des Kaufhauses abstellte, klingelte ihr Handy. Es war Jochen.

»Ja?«

»Du, ich bin's nochmal. Gehst du heute noch zu meinen Eltern?«

»Ich weiß noch nicht, warum fragst du?«

»Ach, wir sind doch gestern noch zu keinem Ergebnis gekommen ... sag mal, was sind denn das für Geräusche im Hintergrund? Bist du nicht zuhause?«
»Nein, ich bin in der Stadt unterwegs. Und ich habe jetzt auch gar keine Zeit mehr zum Telefonieren. Wir sehen uns später.« Siglinde legte schnell auf, bevor sie ihrem Mann noch weitere Erklärungen gab. Sollte er doch denken, was er wollte. Wie oft war es ihr nicht schon so gegangen, wenn es für ihn tausend andere Dinge gab, die zuerst erledigt werden mussten.

Zielstrebig lief sie auf die Glastür zu und verschwand im Laden.
»Sie haben sich aber noch ganz gut gehalten, wenn ich das so sagen darf.« Die Verkäuferin lief um Siglinde Guntram herum und begutachtete sie in der neuen Jeans, die sie ihr herausgesucht hatte.
»Ach ja, finden Sie?« Nur zu gerne saugte sie dieses Kompliment wie mit einem Schwamm auf. »Dann nehme ich die, Sie können das ja besser beurteilen als ich selber.«
»Brauchen Sie dazu vielleicht noch ein passendes Oberteil?«, fragte die Verkäuferin geflissentlich.
»Hm ... eigentlich schon. Ich kann zu einer neuen Jeans ja nicht die alten Sachen tragen. Was können Sie mir denn

empfehlen? Wissen Sie, ich bin modisch nicht gerade auf dem Laufenden.«

»Kein Problem, dafür bin ich ja da.« Die Verkäuferin lachte und verschwand. Kurz darauf hielt sie Siglinde Guntram eine knallrote Bluse in die Umkleidekabine.

»Meinen Sie, dass ich das tragen kann?«, fragte Siglinde Guntram unsicher.

»Aber sicher doch, Sie haben genau die richtigen Maße für den Ausschnitt, wenn Sie mich fragen.«

Und tatsächlich, als Siglinde Guntram sich kurz darauf in der knallroten Bluse vor dem Spiegel betrachtete, hätte sie nicht mehr mit Sicherheit sagen können, was sie die letzten zwanzig Jahre ohne diese Bluse gemacht hatte. Aber was sie in den nächsten Stunden damit anstellte, das stand auf jeden Fall fest.

»Ich nehme sie«, sagte sie zu der Verkäuferin. »Packen Sie bitte alles ein, ich komme gleich zur Kasse. Auf dem Weg dorthin fiel ihr noch eine modische Kette mit roten Steinen und ein seidenes Tuch in die Hände. Damit würde das Outfit komplett sein, meinte die Verkäuferin, als sie an der Kasse zahlte.

Als sie mit dem Wagen wieder auf die Auffahrt ihres Hauses zusteuerte, überkam sie doch ein schlechtes Gewissen. Es war ihr schon klar, dass sie sich gerade

zurechtmachte wie bei ihrem ersten Date. Und das war so verdammt lange her. Wehmütig dachte sie an die Zeit zurück, als sie Guntram kennen gelernt hatte auf einem Volksfest in Oldenburg. Jetzt führte sie eine Ehe, wovor ihr damals immer gegraut hatte, als sie noch jung gewesen war. Konnten Gefühle so abkühlen? Ganz offensichtlich war es so. Und dann hatte der Alltag seinen restlichen Beitrag dazu geleistet. Als es anfing, hatte sie sich wenigstens noch ab und zu gefragt, ob ihr Mann sie wohl betrog, wenn er so viele Überstunden schob. Mittlerweile war es ihr egal. In solchen Stunden vergrub sie sich jetzt lieber in ein schönes Buch und trank dazu einen Rotwein. Im letzten Jahr hatte sie sogar einen Literaturkurs an der Volkshochschule besucht, von dem Guntram nie etwas erfahren hatte. Dabei hatte sie nette Menschen kennen gelernt, doch sie hatte sich nie dazugehörig gefühlt. Alle hatten ihr etwas voraus. Was es war, konnte sie nicht einmal beschreiben. Aber an ihr nagte der Selbstzweifel, weil sie ihr bisheriges Leben nur den Kindern gewidmet hatte. War sie überhaupt auf dem Laufenden, was in der Welt da draußen so ablief? Es konnte doch unmöglich alles gewesen sein. Plötzlich klopfte es an die Fensterscheibe der Beifahrertür. Sie erschrak, als sie den Postboten erkannte.
»Geht es Ihnen nicht gut, Frau Guntram?«

»Doch, doch ... ich habe ...« Sie stieg aus dem Wagen. Sie schuldete dem Mann keine Erklärung. Er brachte doch nur die Post. »Haben Sie etwas für mich?«

»Nein, heute nicht.«

Na also, es war die pure Neugierde gewesen, dachte Siglinde Guntram und ließ den Mann in der Auffahrt stehen. Im Haus wurde sie überschwänglich von Whisky begrüßt. Mit schlechtem Gewissen ihm gegenüber eilte sie an ihm vorbei nach oben ins Schlafzimmer und zog sich schnell die neuen Kleider an. Wenn sie jetzt noch pünktlich zu der Verabredung mit Manfred Wegener kommen wollte, musste sie sich tatsächlich beeilen. Whisky rannte zwischen Schlaf- und Badezimmer mit Siglinde hin und her.

»Ich kann dich heute leider nicht mitnehmen, mein Kleiner«, sagte Siglinde und streichelte dem Tier über den Kopf. Aber warum eigentlich nicht?, fragte sie sich im nächsten Moment. Sie trafen sich doch nur in einem schönen Lokal in Emden. Oder spielte sie innerlich vielleicht sogar schon mit dem Gedanken, mit dem Fremden auf ein Hotelzimmer zu gehen? Sie spürte, wie ihr die Hitze ins Gesicht stieg. Es war so lange her, dass ein Mann sie begehrt hatte, dass sie sich beinahe albern vorkam bei dem Gedanken. Sie bürstete noch einmal ordentlich durch ihr dunkles schulterlanges Haar und

betrachtete sich im Spiegel. Die Worte der Verkäuferin vorhin hatten ihr gut getan. Wann hatte sie selber eigentlich aufgehört, sich als Frau zu sehen? Sie traute sich, genauer hinzusehen und blickte tief in ihre eigenen dunklen Augen. Sinnlich formte sie einen Kussmund mit ihren vollen Lippen und spürte, wie sich eine Gänsehaut unter dem leichten Stoff der roten Bluse bildete. Bin das wirklich ich?, fragte sie ihr Spiegelbild. Dann tuschte sie noch leicht die Wimpern und zog mit dem Kajalstift auf dem unteren Lid eine leicht geschwungene Linie. Wäre Guntram jetzt nach Hause gekommen, hätte ihn vermutlich der Schlag getroffen. Sie lachte sich kurz zu und lief nach unten ins Erdgeschoss. Whisky stand bereits an der Haustür und sah sie erwartungsvoll an.
»Na gut, du hast gewonnen«, sagte sie und schnappte sich die Hundeleine. Man musste es beim ersten Date auch nicht gleich auf die Spitze treiben.

Als sie in Emden im Restaurant *Hafenhaus* am alten Binnenhafen angekommen war, klopfte ihr Herz bis zum Hals. Als sie mit Whisky eintrat, sah sie Manfred Wegener bereits an einem Tisch mit Blick aufs Wasser sitzen. Als er sie entdeckte, winkte er ihr zu.
»Hallo, ich bin hoffentlich nicht zu spät.«
»Aber keineswegs, Siglinde. Setz dich doch bitte.«

Ob er merkte, wie sie sich herausgeputzt hatte? Jedenfalls schien er so taktvoll, diese Verwandlung vom Hausmütterchen zum Vamp nicht weiter zu kommentieren. Und sein Blick verriet ihr ohnehin, dass er mehr als angenehm überrascht war. Whisky legte sich murrend unter den Tisch, als ob ihm klar sei, dass er für die nächsten Stunden nicht die Hauptrolle spielen würde.

»Ich freue mich, dass du gekommen bist«, sagte Manfred Wegener und strahlte sie an. »Man hat hier einen wunderschönen Blick auf den alten Hafen, ich komme sehr gerne hierher.«

»Ja, es ist wirklich schön hier«, sagte sie und setzte sich ihm gegenüber und an den Tisch.

Beide sahen eine Weile nach draußen, als ob keiner von ihnen wüsste, was sie hier eigentlich taten. Und doch musste es ihnen klar sein. Sie waren ja keine Kinder mehr.

»Du weißt nicht genau, was du jetzt sagen sollst, stimmt's?« Mit einem Augenzwinkern sah er sie an.

»Sieht man es mir schon an?«, fragte Siglinde Guntram verunsichert.

»Was?«

»Na, dass ich schon lange nicht mehr ... ich meine ... ach, ich führe mich hier auf, als sei das hier ein Date.« Sie versuchte ein Lachen, aber es misslang.

»Ist es das nicht?«

Statt einer Antwort sagte sie: »Ich habe Hunger, wollen wir bestellen?«

»Aber gerne«, lachte er, »ich mag Frauen, die Appetit haben.« Er winkte den Kellner heran und sie bestellten sich jeder einen Salat und ein Glas Weißwein.

»Wollen wir über deinen Mann sprechen?«, fragte er, als der Ober wieder verschwand.

Siglinde Guntram schüttelte nur mit dem Kopf und sah weiter aus dem Fenster. Sie schlang ihre Hände fest ineinander, damit er das Zittern nicht sah. So fühlte es sich also an, wenn man aus seinem Kokon erwachte. Der Wein wurde serviert und kurz darauf auch der Salat. Whisky bekam eine Schale mit Wasser und sogar ein paar Hundesnacks.

»Wir müssen es nicht tun«, sagte er, nachdem sie sich zugeprostet hatten.

»Was?«

»Miteinander ins Bett gehen, meine ich.«

»Aber ich will es«, sagte sie und ließ einen großen Schluck Weißwein ihre Sinne betäuben. Er lächelte sie an und griff nach ihrer Hand. Lange redeten sie kein Wort mehr. »Lass uns aber noch ein wenig damit warten«, sagte sie schließlich, »es fühlt sich so gut an. Ich möchte das Gefühl am liebsten in eine kleine Schachtel packen.« Dann kam der Salat.

Kommissar Guntram

Jochen Guntram lief in seinem Büro hin und her. Sein kriminalistischer Spürsinn sagte ihm, dass da etwas nicht stimmte. Seit wann wich seine Frau ihm aus, wenn er sie fragte, was sie gerade tat? Meistens gab sie ihm wenigstens nichtssagende Antworten. Und als er sie vorhin angerufen hatte, klang sie komisch. Und dann die Tatsache, dass sie sich weigerte, sich um seine Eltern zu kümmern. Ob sie sich heimlich um eine Arbeitsstelle bemühte, weil sie glaubte, dass er sich sowieso nicht dafür interessierte? Das könnte natürlich sein. Um sich abzulenken, zog er die untere Schreibtischschublade auf und griff in die Tüte Chips. Er spielte mit dem Gedanken, auch noch einen kleinen Schluck Whisky hinterherzuspülen, als sich sein Telefon meldete. Auf dem Display sah er, dass sein Vater anrief. Sollte er es einfach klingeln lassen? Er entschied sich, ranzugehen. Alles andere wäre einfach nur feige.

»Ja?«

»Jochen, bist du das?«

»Wen hast du denn erwartet?«

»Du musst ja nicht gleich komisch werden.«

»Entschuldige Vater. Was gibt es denn?«

»Kommst du heute noch vorbei?«

»Muss ich gucken. Ich habe im Moment viel zu tun, weißt du.«

»Und wie es deiner Mutter geht, interessiert dich wohl überhaupt nicht.«
»Fang nicht wieder so an...«
»Es stimmt aber doch. Wie viele Jahre hat sich deine Mutter um dich gesorgt und alles für dich getan. Und was ist jetzt der Dank?«
Guntram ballte die freie Hand zu einer Faust und schluckte eine weitere böse Antwort herunter. Mochte der alte Mann auch recht haben, er hoffte, dass er nie so mit seinen Kindern sprechen würde. Er holte tief Luft.
»Ich werde heute Mittag mal bei euch vorbeikommen«, sagte er und trat gegen den Schreibtischstuhl.
»Das wäre wirklich nett«, sagte sein Vater und legte einfach auf.

Guntram legte den Hörer auf die Station und biss die Zähne zusammen. Wo war bloß seine Frau? Als Siglinde sich noch nicht so bockig angestellt hatte, lief alles ganz wunderbar in seiner Familie. Er grummelte noch ein wenig in sich hinein, bis er sich dann eingestand, dass ihn eigentlich etwas ganz anderes verdammt wurmte. Katrin. Wo war sie nur? Wäre sie hier bei ihm, dann wäre ihm alles andere egal. So wie früher. Das Loch, das sie in sein Herz gerissen hatte, verschlang all seine restlichen guten Eigenschaften, oder es brachte die bösen endgültig hervor, je nach Blickwinkel. Er wünschte sich nichts sehnlicher, als gerade jetzt mit ihr zu sprechen. Das Gefühl der Ohnmacht, weil er sie nicht erreichen konnte, pochte dumpf in seinen Ohren. Er musste hier raus, sofort. Er riss die Bürotür auf und lief nach draußen auf den Parkplatz. Da endlich bekam er wieder Luft. Da er nicht wusste, was er machen sollte, setzte er sich in den Wagen und fuhr zu seinen Eltern nach Rhauderfehn. Als er nach fünfundzwanzig Minuten auf die Auffahrt fuhr, stand sein Vater bereits in der Haustür.

»Mensch Jochen, das ging ja fix.« Jürgen Guntram lief auf seinen Sohn zu. »Ich habe Mama gerade auf die Terrasse verfrachtet. Es geht ihr heute schon etwas besser.«
»Das ist doch schön«, sagte Guntram und folgte ihm hinters Haus. Er sah seine Mutter, deren Blick, auf einen Busch mit Hortensien gelenkt, friedlich wirkte.
»Hallo, Mama«, sagte Guntram und drückte ihre Hand.
»Mein Junge, wie schön, dass du da bist.« Ihre Stimme zitterte leicht. »Aber du hättest nicht unbedingt den weiten Weg machen müssen. Du musst doch arbeiten. Hat Papa dich wieder so lange genervt...«
»Ich mach uns mal einen schönen Kaffee«, sagte Jürgen Guntram und verschwand im Haus.

Guntram wusste nicht so recht, was er sagen sollte. Doch irgendwann würde er das Thema Heimunterbringung oder betreutes Wohnen ansprechen müssen. Ob es allen Kindern mit ihren Eltern so schwerfiel, über die wichtigsten Dinge im Leben zu sprechen? Eigentlich war zwischen ihnen immer alles unter den Teppich gekehrt worden. Aber als es um ihn ging, war das ja auch leicht. Oder hatte er es seinen Eltern leicht gemacht, weil er einfach irgendwann ausgezogen war, nachdem es fast jeden Tag Streit gegeben hatte. Und dann war er schließlich nach Hannover gezogen. Weit weg von seinem Zuhause in Duisburg, wo sein Vater in einem großen Elektrokonzern arbeitete und seine Mutter sich um die Familie kümmerte. Oft hatte er seine Eltern nicht mehr besucht und sie hatten ihm das gerne am Telefon zum Vorwurf gemacht. Nein, als gelungene Beziehung konnte man ihr Verhältnis ganz sicher nicht bezeichnen. Und jetzt musste er hier quasi den Vormund geben und seine Eltern auf sanfte Art davon überzeugen, dass sie alleine nicht mehr lange zurechtkommen würden, wenn es seiner Mutter immer schlechter ging. Sein Vater tat wirklich sein Bestes, aber das reichte nicht aus. Viel zu oft schon hatte er Siglinde hierher zitiert, damit sie ihm die Wäsche machte oder ihm im Garten zur Hand ging. Praktisch war sein

Vater ein verwöhntes großes Kind. Jetzt kam er mit einem Tablett zurück, auf dem Tassen, Milch und Zucker standen. »Sei mal ehrlich, Jochen. Du würdest doch so ein schönes Zuhause auch nicht aufgeben, oder?« Er stellte die Tassen ab und lief wieder in die Küche, um die Kaffeekanne und ein paar Kekse zu holen. »Und wenn alle mit anpacken, wenn Mama mal nicht mehr so kann, dann gibt es auch keinen Grund dafür«, fügte er an, als er auf die Terrasse zurückkehrte.

»Nun lass den Jungen doch«, mahnte seine Mutter. »Du weißt doch, dass er hart arbeitet. Und Siglinde kümmert sich nun wirklich sehr rührend um uns.« Gertrud Guntram tat sich etwas Zucker in den Kaffee und rührte in der Tasse.

»Also, wenn ich Siglinde anrufe, dann ist sie schon manchmal ganz schön patzig, Jochen. Entschuldige, wenn ich das so deutlich sage«, bemerkte Jürgen Guntram und biss in einen Keks.

Das wundert mich ganz und gar nicht, dachte Guntram, behielt es aber lieber für sich. Wenn seine Schwiegereltern ihn so ausnutzen würden, wäre er sicher auch nicht gut auf sie zu sprechen.

»Ich muss trotzdem mal mit euch über eine Alternative sprechen...«, sagte Guntram und ließ seinen Blick durch den Garten schweifen. Das Grundstück war bewusst so eingerichtet worden, dass die Bewirtschaftung sich größtenteils auf Rasenmähen und ein bisschen Hecke schneiden beschränkte. Seine Mutter hatte sich mit ein paar Stauden und blühenden Büschen durchsetzen können. Seine Eltern hatten das Haus an der 3. Südwieke gekauft, als sein Vater in den Ruhestand gegangen war. Sie wollten in der Nähe ihres einzigen Sohnes sein, hatten seine Eltern damals gesagt. Warum, das hatte Guntram bis heute nicht verstanden. »Es ist wirklich ein schöner Garten«, sagte er.

»Ja, mein Junge, das ist er«, sagte seine Mutter und Guntram sah aus dem Augenwinkel heraus, dass ein kleines Lächeln ihre Lippen umspielte. In diesem Augenblick drängte sich ihm unwillkürlich der Vergleich vom Erblühen und welk werden auf. Eigentlich war sein Vater schuld daran, dass er sich immer mehr von seiner Mutter entfernt hatte. Sie war eine liebevolle und fürsorgliche Person gewesen und er hatte die schönen Stunden mit ihr als Kind sehr genossen. Als er zum Teenager herangewachsen war, hatte sein Vater wohl das Bedürfnis gehabt, einen ganzen Mann aus ihm zu machen. Wochenlang musste Jochen damals zum Boxtraining gehen, weil sein Vater ein Nein nicht akzeptieren wollte. Dann eines Tages hatte Guntram seine Faust gegen seinen Vater erhoben. Das einzige Mal in seinem Leben. Danach war nie wieder die Rede vom Boxen gewesen und es hatte sich eine Stille über sein Elternhaus gelegt, die bedrohlich schien.

»Es kommen doch jeden Tag Pfleger ins Haus«, sagte Jürgen Guntram plötzlich. »Das muss doch wohl genügen. Außerdem können wir auch für alles andere Leute beschäftigen. Ich meine für den Garten, die Wäsche, das Essen... Es gibt doch für alles eine Lösung, wenn man nur will.«

Jochen Guntram sah seinen Vater ernst an. »Irgendwann wird es aber auch eine Frage des Geldes werden, das weißt du genau. Und wenn ich ganz ehrlich bin, dann wäre mir schon wohler, wenn ich euch rund um die Uhr gut aufgehoben wüsste.«

»Pah, dass ich nicht lache«, stieß sein Vater hervor. »Du willst doch nur deine Ruhe haben, das ist alles.«

»Jürgen!«, entfuhr es Guntrams Mutter, »du tust dem Jungen Unrecht. Er hat uns immer unterstützt, wenn es nötig war. Und Siglinde ... sie ist doch auch immer für uns da.« Sie legte ihre faltige Hand auf Guntrams. Dieser musste schlucken.

»Mutter, du weißt ja, dass du es dann viel bequemer haben könntest«, versuchte es Guntram, da er das Gefühl hatte, seine Mutter auf seiner Seite zu wissen. »Ihr wäret bestimmt auch in netter Gesellschaft und ...«

»Meinst du, dass ich meiner Frau nicht mehr genüge«, entrüstete sich Jürgen Guntram und warf seinem Sohn einen bösen Blick zu. »Und was die Unterhaltung betrifft, da wäre es wirklich ganz nett, wenn wir alle vier zusammen mal was unternehmen würden. Ein kleiner Ausflug am Wochenende, meine Güte, so viel solltest doch selbst du für deine Eltern, die alles für dich getan haben, übrig haben.« Er nahm sich einen Keks und biss geräuschvoll hinein. Auf der weißen Tischdecke vor ihm sammelten sich kleine Krümel, als er ein und aus atmete.
Es ist sinnlos, dachte Guntram. »Ja, du hast recht, Vater. Wir sollten mal alle zusammen etwas unternehmen. Wenn ich nachher zu Hause bin, werde ich Siglinde fragen, wo man hingehen könnte. Im Sommer ist ja eigentlich immer irgendwo was los.«
Sie saßen eine Weile schweigend da, bis es an der Tür klingelte.
»Oh, das wird Jens sein«, sagte sein Vater und sprang auf.
»Das ist der Pfleger«, sagte seine Mutter. »Du musst dem Papa nicht böse sein, er meint es nicht so.«
»Schon gut, Mama. Ich geh dann mal wieder los. Und am Wochenende unternehmen wir alle mal was zusammen, das verspreche ich dir.« Er stand auf und drückte seiner Mutter einen Kuss auf das weiche graue Haar. Er spürte, dass sie sich dankbar gegen die Stuhllehne drückte. Schon

seiner Mutter zuliebe wollte er jetzt öfter vorbeischauen, nahm er sich vor. Dann lief er zur Tür, wo ihm sein Vater mit einem Mann entgegenkam, den er nicht einmal wahrnahm.

»Ich melde mich wieder«, sagte er zu seinem Vater, der ihm nur stumm zunickte.

Als Guntram im Wagen saß, überkam ihn das gleiche Gefühl wie in seiner Kindheit. Er hatte Angst, den Halt zu verlieren. Kraftlos am Lenkrad zusammenzusinken, ohne genau erklären zu können, was ihn so lähmte. Dieser innere Kampf, seine Eltern mögen zu müssen und doch nicht zu können. Seine Mutter vielleicht ja ... aber sein Vater war für ihn der fremdeste Mensch, dem er jemals begegnet war. Mechanisch steckte seine rechte Hand den Zündschlüssel ins Schloss und er rollte die Auffahrt hinab. Bleischwer hingen seine Arme herab. In seinem Kopf war kein Platz mehr für schöne Gedanken. Lag es daran, dass er das meiste, was er fühlte, nie aussprach. Sich statt dessen lieber mit Whisky betäubte und sich mit seiner Arbeit von der eigenen Verantwortung für sein Leben ablenkte? Ganz sicher war es so, da brauchte man keinen Psychologen. Aber man brauchte Menschen, die einem Halt gaben, die einem Gefühle zeigten und entgegenbrachten. Und genau aus diesem Grunde fühlte er sich unendlich allein. Sein Herz zog sich zusammen, als er die ersten Tränen unterdrückte. Wenn das sein Vater sehen würde. Den hatte er noch nie weinen sehen und das genau war vermutlich der Grund für sein eigenes Versagen mit Siglinde. Doch man konnte die Zeit nicht zurückdrehen. Guntram schluckte hart und gab Gas. Nach ein paar Kilometern war er innerlich wieder auf Autopilot geschaltet und steuerte den Wagen mechanisch zur Polizeidienststelle.

Siglinde Guntram

Whisky lief unschlüssig um sein Frauchen herum. Er schnüffelte an ihren Sachen, als sehe er sie zum ersten Mal. »Du hast wirklich den siebten Sinn, wie es scheint«, sagte Siglinde Guntram zu dem Hund und streifte ihre Bluse ab. Es war jetzt später Nachmittag, und bis ihr Mann nach Hause kam, wollte sie wieder die Alte sein. Müde, abgespannt und in einen alten Trainingsanzug gepackt. Fast kam es ihr wie ein Traum vor, was sie da heute Mittag in Emden erlebt hatte. Sie entschloss sich, noch schnell zu duschen, obwohl sie den Geruch von Manfred Wegener am liebsten nie mehr aus den Sinnen verloren hätte. Zum Abschied hatte er ihr einen leichten Kuss auf die Wange gehaucht, so dass sie binnen Sekunden am ganzen Körper eine Gänsehaut gespürt hatte. Es tat gut und doch war es falsch. Sie war verheiratet, wenn auch nicht glücklich. Erste Gewissensbisse gruben sich tief in ihr Herz. Warum hatten immer nur andere ein wenig Glück verdient? Und was wäre, wenn es wirklich ernst wurde zwischen ihr und Manfred Wegener? Wäre es wirklich so leicht, das alte Eheleben abzustreifen? Was würden die Kinder sagen, wenn ihre Mutter die Familie so plötzlich im Stich ließe? In ihrem Kopf drehte sich alles. Schnell verstaute sie ihre neue Jeans und die Bluse ganz weit unten im Kleiderschrank, damit Guntram nicht darauf stieß. Und anstatt nur zu duschen, ließ sie sich ein heißes Bad ein und versank kurz darauf im Schaumbad. Doch auch das konnte ihr schlechtes Gewissen keineswegs beruhigen. Whisky hatte sich zwischenzeitlich enttäuscht in sein Körbchen zurückgezogen. Die Aussicht auf einen Spaziergang schwand für ihn merklich dahin.

Nach einer Dreiviertelstunde schlüpfte Siglinde Guntram mit völlig aufgeweichter Haut in ihren Alltag und bereitete etwas zu essen vor, falls Jochen gleich nach Hause kommen sollte. Allerdings rechnete sie nicht wirklich damit. Und in den letzten Monaten hatte sie sich auch kaum ums Abendessen gekümmert. Irgendwie verspürte sie jetzt allerdings den inneren Zwang, die äußere Fassade am Leben zu erhalten. Oder vielleicht brauchte sie auch nur eine Beschäftigung, um sich abzulenken. Wie dem auch sei, es war ihr im Moment völlig gleichgültig, was sie da gerade tat. Denn was es auch war, sie hätte sich lieber sonst wohin gewünscht, als hier in ihrer alten Küche zu stehen.

Sie kochte sich einen Hagebuttentee und setzte sich damit und mit einem guten Buch auf die Terrasse. Es fiel ihr schwer sich auf den Text zu konzentrieren und nach einer kurzen Weile schlief sie auf der Liege in der noch wärmenden Abendsonne ein.

»Hallo, Siglinde? Bist du zuhause?«
Siglinde Guntram schreckte hoch. Benommen sah sie auf ihre Armbanduhr. Es war schon kurz nach sechs. Ihr Buch lag noch aufgeschlagen auf ihrem Bauch.
»Ich bin hier!«, rief sie und Jochen Guntram kam zu ihr auf die Terrasse gelaufen.
»Geht es dir nicht gut?«, fragte er mit besorgtem Blick.
»Doch, doch ... ich muss wohl kurz eingenickt sein in der Sonne. Du bist früh zurück.«
»Ja, es war heute nicht so viel los.«
»Das ist doch gut, ich habe uns etwas zum Abendbrot vorbereitet. Ich muss nur noch kurz den Salat anmachen und dann können wir essen.«
»Ich werde uns draußen den Tisch decken«, sagte Guntram, was Siglinde mit leichter Verwunderung registrierte.
Whisky kam aus dem Garten gerannt. »Wie sieht der Hund denn aus?«, stieß Guntram aus. »Du hast doch bestimmt schon wieder irgendwo gebuddelt«, sagte er und beugte sich zu dem Tier herunter. »Wenn du dir wieder an dem Rosenbeet zu schaffen gemacht hast, sieht es schlecht aus für dich, mein kleiner Freund.« Als habe Whisky verstanden, lief er wieder in Richtung Garten. Guntram folgte ihm und sah die Bescherung. Ein großer Hortensienbusch hing quasi nur noch in den Seilen.

Guntram scharrte, so gut es ging, die ausgeworfene Erde wieder um den Busch und versuchte, ihn aufzurichten. »Das muss aber unter uns bleiben«, sagte Guntram zu Whisky. Dann liefen beide, als sei nichts gewesen, wieder zum Haus, wo Guntram das Geschirr aus der Anrichte nahm und nach draußen trug.

»War was?«, fragte Siglinde, als sie mit dem Salat und dem Nudelauflauf wieder nach draußen kam.

»Nein, alles in Ordnung«, raunte Guntram und sah Whisky dabei verschwörerisch an. Der Hund wedelte mit dem Schwanz und setzte sich ordentlich neben den Tisch.

»Na, dann können wir ja jetzt essen. Möchtest du auch etwas trinken?«

»Vielleicht ein Glas Wasser«, sagte Guntram.

»Dann hole ich uns mal einen schönen Weißwein«, meinte Siglinde, »der schmeckt zum Essen sicher besser.«

»Lass nur, ich hol ihn schon.« Guntram stand auf und lief in die Küche. Er wurde das Gefühl nicht los, dass irgendetwas mit seiner Frau nicht stimmte.

Er nahm eine Flasche Riesling und zwei Gläser und lief wieder in den Garten.

»So gemütlich haben wir schon lange nicht mehr zu Abend gegessen«, bemerkte Siglinde und ließ ihren Blick in den Garten schweifen.

»Ja, das stimmt wohl...« Guntram nahm einen großen Schluck Weißwein. »Was ich noch sagen wollte ... das gestern mit meinen Eltern, das tut mir leid.«
»Was meinst du?«
»Na, eben alles. Mir ist doch klar, dass du nicht für meine Eltern verantwortlich bist. Es ist nur ... ich fühle mich manchmal einfach überfordert damit.«
»Ach, ist schon gut. Du hast ja letztlich auch recht. Mir bleibt doch viel mehr Zeit dafür.«
Guntram lehnte sich erleichtert in seinem Gartenstuhl zurück. Er hätte nicht gedacht, dass sie ihm diese Unterhaltung so leicht machen würde. Und gerade dieser Umstand ließ seinen Argwohn wieder aufsteigen. Was war mit seiner Frau eigentlich los? Sie sah anders aus. Auf seltsame Weise zufrieden und doch aufgewühlt. Irgendwie erinnerte ihn ihr Blick an frühere Zeiten, als sie beide sich noch aufeinander gefreut hatten.
»Ich war heute Mittag auch da«, sagte er schließlich.
»Wo?«, fragte Siglinde erschrocken.
»Na, bei meinen Eltern. Was dachtest du denn?«
»Ach, nichts. Und, wie geht es deiner Mutter?«
»Eigentlich ganz gut. Nur mein Vater, der hat natürlich wieder alles dramatisiert und mir die üblichen Vorwürfe an den Kopf geworfen.«
»Also alles wie immer.«

»Ja, das könnte man sagen. Er meinte, wir vier sollten doch mal alle zusammen was unternehmen am Wochenende.« Zögerlich hatte er diesen Wunsch seines Vaters vorgetragen und wartete jetzt mit gemischten Gefühlen auf die Reaktion seiner Frau.
»Aber das ist doch eine gute Idee«, sagte Siglinde nur. »Die beiden müssen wirklich mehr raus, das bringt vielleicht auch deinen Vater auf andere Gedanken. Ich habe auch schon eine Idee, wo wir hingehen könnten. Am Wochenende findet wieder die Veranstaltung *Märchen und Musik im Park* in Loga statt. Ich werde gleich mal morgen bei *Bücher Borde* vorbeigehen und uns Karten besorgen.«
Argwöhnisch sah Guntram in ihre Richtung. Da stimmte doch etwas nicht. »Ist das am Freitag oder Samstag«, fragte er nach.
»Es ist am Samstag und beginnt um zwanzig Uhr. Ich würde dann deine Eltern schon vorher zum Abendbrot zu uns abholen und wir fahren dann zusammen los. Du müsstest nur sehen, dass du auch rechtzeitig zuhause bist.«
Wenn sie mir etwas verschweigt, dann muss es etwas Ernstes sein, dachte Guntram und nahm noch einen Schluck vom Weißwein. Mit diesem plötzlichen Sinneswandel seiner Frau konnte er nichts anfangen. »Ich

hole mir noch einen Whisky zur Verdauung. Soll ich dir auch etwas mitbringen, einen Sherry vielleicht?«
»Oh ja, gerne«, sagte Siglinde Guntram nur und blickte weiter mit einem Lächeln im Gesicht in den Garten.

Der Pfleger

Sie drehten jetzt schon die dritte Runde in der Gartenanlage *Park der Gärten* in Bad Zwischenahn und Jens Drewes hätte sich eigentlich gerne an einen Tisch gesetzt und einen Kaffee getrunken. Doch der alte Mann, den er an diesem Nachmittag betreute, konnte einfach nicht genug bekommen.

»Man kommt doch nur noch so selten raus«, sagte Focke Behrends und strahlte übers ganze Gesicht.

Sie werden wie kleine Kinder, dachte Jens Drewes und tat ihm den Gefallen und schob nochmal mit ihm los.

»Ich möchte so gerne noch einmal zu der Wasserfontäne.« Focke Behrends legte seine Hände in den Schoß.

»Aber sicher«, sagte Jens Drewes. Er wurde das Gefühl nicht los, dass er diesem alten Mann etwas schuldete. Dabei kannte er ihn nicht einmal persönlich. Seit drei Monaten wurde Focke Behrends von dem wechselnden Personal der Tagespflege *Wolkenheim* betreut, weil er seine Frau an den Krebs verloren hatte. Er saß seit vielen Jahren nach einem schweren Autounfall im Rollstuhl und kam eigentlich noch ganz gut zurecht, auch alleine. Er ließ sich seitdem das Essen auf Rädern liefern und erledigte seinen Haushalt so gut es ging selbständig. Dreimal täglich ließ er allerdings einen Pfleger kommen, schon alleine aus Gesellschaft. Er und seine Frau hatten das Geld für diesen

Luxus in vielen Jahren zusammengespart. Sie hatten sogar geplant, irgendwann in eine schöne Altenwohnung zu ziehen. Doch der Plan ging jetzt nicht mehr auf. Und plötzlich stand ihm danach auch nicht mehr der Sinn. Er wollte in seiner Drei-Zimmer-Wohnung bleiben, die zum Glück Parterre lag. Die Pflegeeinrichtung, in der Jens Drewes arbeitete, bot ihren Pfleglingen einmal im Monat einen größeren Ausflug an, was auch Focke Behrends gerne in Anspruch nahm.

»Wissen Sie, es ist gar nicht so leicht, wenn man alleine alt wird«, seufzte Focke Behrends, als sie bei dem Wasser angekommen waren.

»Das kann ich gut verstehen«, sagte Jens Drewes und schob den alten Mann in die Nähe einer Parkbank, auf die er sich setzte.

»Sind Sie eigentlich verheiratet?«, fragte Focke Behrends.

»Nein.«

»Wie kommt's? Nie die Richtige gefunden?«

»Das kann sein«, antwortete Jens Drewes.

»Es ist ja noch nicht zu spät«, meinte Focke Behrends. »Sie sind doch noch jung.«

Jens Drewes war klar, dass es aus dem Blickwinkel dieses Mannes so aussah. Aber jung war er mit seinen über vierzig Jahren nun wirklich nicht mehr. Aber das Alter war auch immer eine relative Angelegenheit.

»Wenn Sie sich allerdings immer mit so alten Tattergreisen umgeben, sehe ich schwarz«, lachte Focke Behrends. »Wie sind Sie eigentlich zu dem Beruf gekommen, ich meine, Altenpfleger zu sein ist ja eine wichtige Entscheidung. Sie hätten ja genauso gut Kindergärtner werden können, das käme wohl aufs Gleiche raus.« Er lachte laut auf.

»Wichtig ist doch, dass man in seinem Beruf zufrieden ist«, meinte Jens Drewes. »Dann ist es glaube ich völlig egal, was man macht. Und mit dem Kindergartenvergleich liegen Sie sicher gar nicht so falsch.« Er zwinkerte dem alten Mann zu.

»Sagen Sie, junger Mann, haben Sie eigentlich auch wieder was für unterwegs eingepackt?« Mit erwartungsvollem Blick sah er dem Pfleger ins Gesicht.

»Aber klar«, sagte Jens Drewes und zog einen kleinen Flachmann aus seinem beigefarbenen Umhängebeutel, den er immer bei sich trug.

»Sie sind der Beste«, jauchzte Focke Behrends und setzte kurz darauf an. »Ah, das sind noch so die wenigen Freuden, die einem alten gebrechlichen Mann im Leben bleiben.« Seine Augen wurden glasig und er sah stumm auf die Wasserfontäne, die immer wieder aus dem Wasser stieß um dann nach zwei Metern wieder in sich zusammen zufallen.

»Ich finde, Sie übertreiben ganz schön mein Lieber«, sagte Jens Drewes, dem diese melancholische Stimmung auf den Magen schlug. »Es gibt doch noch so vieles, was wir beide zusammen unternehmen werden, warten Sie's nur ab.« Er stand auf und schob den alten Mann wieder zurück zu der Gruppe, die sich auf der Gartenterrasse mit Kaffee und Kuchen eingedeckt hatte.

Als er den alten Menschen dabei zusah, wie sie sich Sahnetorte und Kaffee schmecken ließen, dachte er an die vielen Windeln, die er an diesem Abend wieder würde wechseln müssen. Damit fing alles an und es hörte auch damit auf. Es war immer nur die Frage der Zuständigkeiten. Und bei alten Menschen war es anders als bei Kindern, die von ihren Eltern geliebt und umsorgt wurden. Alte Menschen hatten Glück, wenn sich überhaupt noch jemand für sie interessierte. Pflegenotstand, Greise, die sich wund lagen und Menschen, die manchmal tagelang keinen Tropfen Flüssigkeit zu sich nahmen. Immer weiter steigerte Jens Drewes sich in die Szenarien, die er in den letzten Jahren seiner Tätigkeit als Krankenpfleger mitbekommen hatte, hinein, bis sich seine Hände in den Armlehnen seines Korbstuhls festkrallten und er keine Luft mehr bekam. Wie von weit her hörte er nur noch das Klimpern der Tassen und das Klacken der

Kuchengabeln, wenn sie in die Torte stießen. Immer weiter weg. Bis ihn Focke Behrends plötzlich am Arm fasste.

»Geht es Ihnen nicht gut, junger Mann? Sie sehen ja ganz verschwitzt aus.«

Jens Drewes schluckte hart. »Doch, keine Sorge. Es ist alles in Ordnung. Es ist nur verdammt warm heute.« Zufrieden drehte Focke Behrends sich wieder seinen Altersgenossen zu, während Jens Drewes sich den Schweiß von der Stirn wischte.

Kommissar Guntram

»Wir können jetzt wohl endgültig mit dem Fall der alten Dame, die du da am Deich gefunden hast abschließen«, sagte Mathias Sanders, als er in Guntrams Büro kam.

»Ja? Hat Piepwitz sich denn bei dir gemeldet?«

»Er hat nochmal angerufen, genau. Er meint, das war wohl eindeutig Herzversagen. Er konnte nichts anderes feststellen, was auf eine unnatürliche Todesursache hindeuten würde.«

»Dann wird sie wohl da draußen in der Sonne ein wenig ausgeruht haben und dann…«

»Tja, so wird's wohl sein. Man sagt ja immer, dass alte Menschen die Hitze nicht mehr so vertragen.«

»Und trotzdem frage ich mich, wie sie dahin gekommen ist«, meinte Guntram und rieb sich nachdenklich übers Kinn. »Sie kann doch nicht ganz von ihrer Wohnung in der Evenburgallee aus dorthin gelaufen sein. Und dann noch mit dem dicken Buch. Ich glaube das einfach nicht.«

»Du wirst dich wohl damit abfinden müssen«, meinte Mathias Sanders. »Wonach willst du denn noch suchen, wenn sie gar nicht ermordet worden ist?«

»Ich weiß es nicht«, Guntram atmete laut aus. »Im Moment habe ich auch gar keine Zeit, mir noch weitere Gedanken darum zu machen, denn ich werde gleich mit meiner Familie in den *Philippsburger Park* gehen.«

»Hä«, machte Mathias Sanders und sah ihn erstaunt an. »Du machst in Familie, seit wann denn das?«
Guntram erhob sich aus seinem Bürostuhl. »Ach, meine Eltern werden langsam alt und ... es ist alles ein bisschen schwierig geworden, seitdem meine Mutter diese Schwächeanfälle hat. Was ist eigentlich mit deinen Eltern, du hast noch nie von ihnen erzählt?«
»Ach, hör bloß auf«, meinte Mathias Sanders. »Die können mir wirklich gestohlen bleiben. Aber euch wünsche ich natürlich viel Spaß.« Die beiden verließen Guntrams Büro und Mathias Sanders lief in den Ermittlungsraum, während Guntram zu seinem Wagen ging.
Es ist überall das Gleiche, dachte er verwundert, kaum einer ließ ein gutes Haar an seinen eigenen Eltern. Ob das ein weiter verbreitetes Phänomen war, als er angenommen hatte? Wie dem auch sei, heute war Familientag und er hoffte, dass er diesen Abend einigermaßen streitfrei über die Bühne bringen würde.

Als er zuhause in Logabirum ankam, waren alle in bester Laune. Siglinde hatte einen Abendbrottisch mit vielen Köstlichkeiten gezaubert, so dass selbst Guntrams Vater keine Kritik entlockt werden konnte.
»Deine Frau hat sich wieder mal sehr viel Mühe gegeben«, sagte Gertrud Guntram, als ihr Sohn ins Esszimmer kam.

»Ja, das hat sie offensichtlich«, sagte Guntram und sah Siglinde aus dem Augenwinkel heraus an und suchte nach einer Erklärung für ihren Stimmungswandel. Noch vor einem Monat hätten keine zehn Pferde sie dazu gekriegt, so ein Essen für ihre Schwiegereltern zuzubereiten. Ob er sie mal tagsüber observieren sollte? Doch das ginge wohl eindeutig zu weit. Er setzte sich neben seine Mutter an den Tisch und schenkte sich ein Glas Rotwein ein.
»Musst du denn jetzt schon trinken, Jochen?«, fragte sein Vater und warf ihm einen bösen Blick zu.
»Rotwein gehört beim Essen bei uns dazu«, sprang Siglinde ihrem Mann zur Seite, »deshalb habe ich ihn ja auch auf den Tisch gestellt.«
»Ich hätte auch gerne ein kleines Gläschen«, kicherte Gertrud Guntram.
»Das kommt gar nicht in Frage«, brummte ihr Mann.
Siglinde Guntram schenkte ein wenig in ein Weinglas und reichte es ihrer Schwiegermutter. »Das soll aber gut für die Blutverdünnung sein, habe ich gehört.«
Jochen Guntram sah sich das Schauspiel misstrauisch an, während er hörte, wie Whisky unter dem Tisch Schinken und Käse verschlang, den ihm seine Mutter heimlich, wie sie glaubte, zuschob. Gott, bewahre mich davor, dass meine Eltern bei uns eines Tages einziehen, betete er still vor sich hin.

Eine halbe Stunde später waren alle mit dem Essen fertig und so machten sie sich gemeinsam auf den Weg. Viele waren schon unterwegs zu dem beliebten Event in Loga, das alle zwei Jahre mehrere Tausend Besucher anlockte.

»Ist das nicht ganz zauberhaft«, sagte Gertrud Guntram, als sie den langen Weg Richtung *Philippsburger Park* schritten. Die Bäume, die den Weg säumten, waren mit Goldpapier umwickelt und boten in der untergehenden Sonne ein ganz besonderes Lichtspiel. Jürgen Guntram stützte seine Frau und selbst Siglinde hatte sich bei ihrem Mann untergehakt. Der Weg führte die vielen Besucher vorbei an beleuchteten Bäumen, die einmal in Grünes, dann wieder in rotes Licht getaucht waren. Eine Frau blies Seifenblasen in die Luft, die in leichten Bewegungen zu Boden kreisten und dort zerplatzten. Das Szenario hatte etwas Mystisches, dem selbst Guntram sich nicht ganz entziehen konnte. Alles wirkte so zauberhaft zwischen den knorrigen alten Bäumen, deren Laub sich wie ein bauschiges Dach über den Weg gesenkt hatte. Am Empfang des eigentlichen Geländes spielte eine mittelalterlich gekleidete Gruppe Musik aus fernen Zeiten auf Musikinstrumenten, die Guntram noch nie gesehen hatte. Seine Mutter fiel von einer Verzückung in die nächste und Guntram bekam fast ein schlechtes Gewissen, das er sich nicht schon viel früher zu solchen Aktivitäten hatte

aufraffen können. Schuldete er seiner Mutter nicht ein bisschen mehr Zeit? Von seiner Frau ganz zu schweigen. Sie suchten sich einen Platz in der Nähe der Bühne, wo an diesem Abend zahlreiche Kleinkünstler auftreten sollten.
»Geht es dir auch wirklich gut, Liebes?« Jürgen Guntram fächerte seiner Frau mit dem Faltblatt, das er an der Kasse erhalten hatte, Luft zu.
»Aber ja, es ist alles gut«, sagte Gertrud Guntram.

Siglinde und Jochen Guntram saßen schweigend nebeneinander. Jeder hing seinen eigenen Gedanken nach. Vielleicht war der eine verwunderter als der andere über diese unwirklich wirkende Situation der Familieneintracht. Siglinde verfolgte mit ihren Blicken gerade ein junges Mädchen, das strahlend auf einen ebenso attraktiven Mann zulief und ihm buchstäblich in die Arme fiel, als ihr das Blut mit einem Schlag in den Adern gefror. Sie hatte jemanden entdeckt, den sie zu kennen glaubte. War das nicht Manfred Wegener, der da nur drei Reihen vor ihr ganz nah an der Bühne saß? Sie versuchte, sich nichts anmerken zu lassen und wartete darauf, dass der Mann mit dem leicht graumelierten Haar sich in ihre Richtung drehte. Tatsächlich! Das war Manfred Wegener. Was sollte sie tun, wenn er sie entdeckte? Guntram durfte das auf keinen Fall mitbekommen. Vielleicht sollte sie einfach eine leichte Übelkeit vortäuschen und verschwinden. Während sie fieberhaft nach einem Ausweg aus ihrer vertrackten Situation suchte, saß Manfred Wegener da und ahnte von all dem wohl nichts.

Dann traten die Initiatoren des Festes, Ralf und Kirsten Borde, ans Mikrofon. Sie begrüßten die zahlreichen Gäste, bedankten sich bei den Sponsoren, die alles erst ermöglicht hätten, und wünschten einen zauberhaften Abend. Für einen Moment war Siglinde Guntram abgelenkt gewesen und als sie erneut zu Manfred Wegener herübersah, war sein Stuhl leer. Es gelang ihr in dem Menschengedränge nicht, ihn noch einmal zu entdecken. Sie hoffte inständig, dass er sie nicht bemerken würde. Sie machte sich ganz klein auf ihrem Stuhl und lauschte der ersten Autorin, die plattdeutsche Gedichte vortrug. Als nach einer Weile Applaus aufbrandete, wurde sie wieder lockerer. Bei diesen vielen Menschen standen die Chancen gut, dass sie in der Menge verschwand. Zudem hatte sie heute, da sie mit ihrem Mann und ihren Schwiegereltern unterwegs war, nichts von dem Charme, den sie offensichtlich versprühte, wenn sie alleine in Cafés unterwegs war.
»Oh, guck mal, da drüben ist ein Clown«, rief Gertrud Guntram aus. »Ob der heute auch noch auftritt?«

»Da bin ich mir ganz sicher«, sagte Jochen Guntram mehr zu sich selbst. Fast wäre er nämlich eingeschlafen, als die Abendsonne ihm durch das Blätterdach leicht den Rücken wärmte.
In der ersten Pause holte er für alle ein kühles Getränk und sie vertraten sich ein wenig die Beine. Siglinde Guntram hielt sich dabei immer im Schatten ihrer Familie. Auch wenn sie Manfred Wegener in der Menge bisher nicht wiedergesehen hatte, so bestand immer noch die Möglichkeit, dass er sie entdeckte. Die Folgen wären nicht auszumalen gewesen. Was hätte sie sagen sollen, wer er war? Ja, wer war er eigentlich für sie? Während sie an ihrem Wasser nippte, kreisten ihre Gedanken um das letzte Treffen in Emden. Er hatte ihr eindeutig zu verstehen gegeben, dass er mehr von ihr wollte. Viel mehr. Es wurde ihr ganz heiß und sie hielt sich die Wasserflasche zur Kühlung an die Wange.
»Geht es dir nicht gut, Siglinde?« Gertrud Guntram sah ihre Schwiegertochter fragend an.
»Doch, alles in Ordnung«, sagte Siglinde und schlug vor, sich doch wieder an den Platz zu begeben, bevor er von jemand anderem besetzt würde.

Die nächste Darbietung war ein musikalischer Beitrag, bei dem alle Gäste mitsangen oder klatschten. Das machte es

Guntram unmöglich, noch einmal einzunicken. Und so ließ er seinen Blick über die Stuhlreihen gleiten. Viele der Gäste hatten schon graue Haare. Ob viele wie er mit ihren Eltern hier waren, um ihnen nochmal etwas zu bieten? Er hatte ja schon öfter von einer überalternden Gesellschaft gehört und gelesen. Heute erlebte er den demographischen Wandel wohl in geballter Form. Sein Blick blieb an einem älteren Herrn kleben, der offensichtlich eingenickt war. Sein Kopf war zur Seite gelehnt und wirkte wie auf seiner Schulter abgelegt. »Na, der hat aber auch die Ruhe weg«, raunte Guntram seiner Frau zu.

»Wer?«, fragte Siglinde.

»Na, der Mann dort drüben ... zwei Reihen vor uns etwas mehr auf der rechten Seite.«

Siglinde folgte Guntrams Beschreibung und entdeckte, was er meinte.

»Das sieht aber etwas komisch aus, wenn du mich fragst«, meinte sie. »Wer kann denn bei dieser Stimmung schlafen?«

»Tja, das würde ich auch gerne wissen.«

Als die Musikgruppe nach einer Viertelstunde eine Pause machte, saß der Mann noch immer reglos auf seinem Stuhl. Auch als die anderen Gäste um ihn herum sich erhoben, rührte er sich nicht.

Guntram hatte ihn die ganze Zeit nicht aus den Augen gelassen. »Also, ich geh da jetzt mal rüber, da stimmt doch etwas nicht«, sagte er zu Siglinde. »Der Mann sitzt noch immer so da, das ist nicht normal.«

»Ja, mach das«, sagte sie und rückte zur Seite, damit er an ihr vorbei zu dem Mann herübergehen konnte. Sie beobachtete, wie ihr Mann sich durch die Reihen drängte und schließlich bei dem älteren Herrn ankam. Er sah kurz darauf zu ihr herüber und schüttelte den Kopf. »Wir brauchen einen Krankenwagen, sofort«, schrie Guntram und viele sahen entsetzt in seine Richtung.

»Bleibt bitte hier sitzen«, sagte Siglinde zu ihren Schwiegereltern und lief zu ihrem Mann. »Was ist passiert?«

»Das weiß ich noch nicht, aber auf jeden Fall ist der Mann bewusstlos, und zwar schon eine ganze Weile, würde ich sagen.«

»Das ist ja furchtbar, und keiner hat was gemerkt.«

»Tja ... wäre ich nur eher zu ihm gegangen.«

»Du konntest es doch nicht wissen, Jochen. Mach dir bitte keine Vorwürfe.«

Bevor er noch etwas erwidern konnte, kamen zwei Sanitäter auf sie zugerannt und nahmen sich des Mannes an. Guntram sah ihnen dabei zu, wie sie nach einem Puls suchten. Dabei fiel sein Blick auf etwas, das vor dem Mann am Boden lag. Er konnte es nicht genau erkennen und beugte sich herunter. Es sah aus wie ein Buch. Er griff danach und hob es hoch. Auf dem Buchdeckel las er *Märchen für Groß und Klein.* Komisch, dachte er. Aber dann wiederum auch nicht, denn sie waren ja schließlich bei einer Veranstaltung, wo es auch um Märchen ging. Allerdings war ihm niemand anderes bisher aufgefallen, der ein ähnliches Buch bei sich gehabt hätte. Auch am Eingang konnte man so etwas nicht kaufen. Er setzte sich auf einen freien Stuhl und fing an, in dem Buch zu blättern. Er entdeckte ein Eselsohr an einer Buchseite. In der ersten Zeile las er *Das tapfere Schneiderlein.* Unwillkürlich musste er an die alte Dame vom Deich denken.

»Er ist tot«, sagte einer der Pfleger. »Da können wir nichts mehr machen.«

Entsetzt wichen die Menschen, die sich dicht gedrängt um den Ort des Geschehens versammelt hatten, zur Seite. »Machen Sie bitte mal Platz«, forderte der Pfleger, als seine Kollegen mit einer Trage kamen.

»Lassen Sie den Mann bitte noch so liegen«, sagte Guntram. »Mein Kollege Gerichtsmediziner Karl-Heinz Piepwitz ist schon informiert und wird gleich hier sein. Ich möchte, dass er sich den Toten und die Umstände erst noch genauer ansieht, bevor er abtransportiert wird.«

»Okay«, sagte der Pfleger, »mir soll's egal sein. Aber dann ist der Abend für die übrigen Gäste auf jeden Fall dahin.«
»Das ist zweitrangig«, sagte Guntram. »Es gibt Wichtigeres als Vergnügen.«
»Ganz offensichtlich.«
»Siglinde, ich muss mich jetzt um den Toten kümmern. Kannst du mit meinen Eltern gleich nach Hause fahren?« Guntram war mit seinen Gedanken schon wieder ganz woanders. Er glaubte nicht mehr an einen Zufall. Weder die alte Dame am Deich noch dieser Mann waren eines natürlichen Todes gestorben. Das konnte einfach nicht sein. Sein Gefühl sagte ihm ganz deutlich, dass da etwas im Busch war.
»Aber sicher«, sagte Siglinde schneller als erwartet, denn es war ihr mehr als recht, wenn sie hier verschwinden konnte. Umso geringer wurde dann die Gefahr, dass sie Manfred Wegener doch noch über den Weg lief.

»Hören Sie bitte alle einmal zu, meine lieben Gäste...« Der Veranstalter war an das Mikrofon getreten und verschaffte sich Gehör. »Soeben hat sich ein ganz tragischer Todesfall in unserer Mitte ereignet, so dass wir den Abend an dieser Stelle leider abbrechen müssen. Das tut uns wirklich sehr leid, aber...« Die Menschenmenge setzte sich in alle

Richtungen in Bewegung. Viele hatten ohnehin schon im ersten Schockzustand fluchtartig das Gelände verlassen.

Der Tote hing schlaff auf seinem Stuhl. Die Farbe war gänzlich aus seinem Gesicht gewichen, das einen kalkigen Ausdruck angenommen hatte. Guntram zog sein Handy aus der Tasche und wählte Mathias Sanders Nummer.

»Ja, Jochen hier ... es ist etwas passiert bei der Veranstaltung, wo ich heute Abend bin ... ja, genau, dieses Märchendingens. Es ist besser, wenn du kommst, denn es hat hier einen Toten gegeben und ich bin mir ziemlich sicher, dass er ermordet worden ist.« Als er aufgelegt hatte, verfolgte er mit den Blicken die vielen Menschen, die das Weite suchten. Alle wurden am Ausgang von mehreren Beamten nach ihren Namen und Adressen befragt. Es konnte also noch sehr lange dauern, bis auch wirklich der Letzte den *Philippsburger Park* verlassen hatte. Er nahm sich noch einmal das Märchenbuch vor. Es hatte genau wie das Buch bei der alten Dame die gleichen Abnutzungsspuren, war also nicht neu. Was konnte das bloß bedeuten? Und wie sollte er herausfinden, ob es wirklich einen Zusammenhang zwischen diesen beiden alten toten Menschen gab. Und schon im nächsten Augenblick fiel ihm der erste offensichtliche Zusammenhang auf. Beide waren alt. Oder auf jeden Fall keine jungen Menschen mehr. Konnte das schon der erste

Hinweis sein? Die Gedanken kreisten in seinem Kopf, als er aus einiger Entfernung Piepwitz sah, der sich durch die Menge drängte.
»He, Jochen, da hast du dir ja wieder die richtige Veranstaltung ausgesucht, was?« Er beugte sich gleich zu dem Toten runter und nahm erste Untersuchungen vor.
»Und?«, fragte Guntram nach einer Weile.
»Tja ... ich weiß nicht. Sieht zunächst nach einem natürlichen Ableben aus, wenn du mich fragst. Wisst ihr denn schon, wer er ist?«
»Nein, bisher nicht. Keiner konnte etwas über ihn sagen. Vielleicht war er alleine hier.«
»Das kann ja sein, viele alte Menschen sind alleine unterwegs. Das fällt in so einer Menschenmasse ja gar nicht auf.« Piepwitz setzte sich neben Guntram auf einen Stuhl. »Soll ich ihn trotzdem mit nach Oldenburg nehmen?«
»Aber natürlich«, sagte Guntram. »Ich glaube nämlich nicht, dass es ein natürlicher Tod war.«
»Aha, und warum?«
»Deshalb.« Guntram hielt das Märchenbuch vor Piepwitz Nase. »Es ist schon der zweite Tote innerhalb kurzer Zeit, der ein Märchenbuch bei sich hat. Erst die alte Dame am Deich und dann das hier...«

»Hm«, machte Piepwitz. »Das kann ja nun wirklich Zufall sein. Außerdem habe ich da draußen am Eingang ein großes Schild gesehen, auf dem Märchen stand. Vielleicht gehörten diese Bücher zum Programm des Abends.«
»Das kann sein, aber ich habe sonst niemanden hier mit einem Märchenbuch gesehen.«
»Du wirst das schon herausfinden«, sagte Piepwitz. »Und du warst mit deinen Eltern hier, habe ich gehört?«
»Ja, das stimmt. Sie wollten mal wieder was erleben, tja ... ich könnte mir gut vorstellen, dass meine Mutter die nächsten Wochen keinen Fuß mehr vor die Tür setzt, bis sie den Schock hier verarbeitet hat.«
»Man hat es wirklich nicht leicht mit alten Leuten. Vielleicht ist es gar nicht so schlecht, dass ich der letzte meiner Sippe bin«, meinte Piepwitz und packte seine Sachen zusammen. »Ich fahr dann mal wieder nach Oldenburg. Und ja, ich werde mich auch gleich an die Arbeit machen, versprochen.« Er warf Guntram noch einen letzten Blick zu und sprach kurz darauf mit den Sanitätern.

Guntram blieb so lange bei dem Toten, bis zwei Männer mit einem Zinksarg kamen. Der Park war bis auf wenige Menschen leer und es hatte sich eine unheimliche Stille breitgemacht. Er wunderte sich, warum Mathias Sanders noch nicht eingetroffen war. Aber vielleicht wurde er ja auch von einigen Zeugen am Eingang aufgehalten. Als der Tote weggeschafft war, erhob sich auch Guntram und schritt noch einmal das Areal ab. Es war ein schöner Park mit altem Baumbestand und einigen Steinskulpturen. Die Burg erschien in fahlem gelben Licht unwirklich und er fragte sich, wer zu früheren Zeiten hier wohl Feste gefeiert haben mochte.

»Jochen?« Mathias Sanders war angekommen und hatte bereits nach Guntram gesucht.

»Ach, da bist du ja.«

»Ich wurde aufgehalten...«

»Von den Zeugen am Eingang?«

»Ja, so ähnlich.«

»Was heißt das, so ähnlich?«

»Ach egal. Erzähl mal, was hier eigentlich heute Abend los war.«

Guntram berichtete ausführlich von seinen Beobachtungen und vor allem von seiner Vermutung, dass er nicht mehr an einen Zufall glaube. Sie vereinbarten, sich gleich am nächsten Morgen mit den Ergebnissen von Piepwitz an die Arbeit zu machen. Bisher stand die Identität des Toten immer noch nicht fest, so dass sie im Moment nicht mehr viel ausrichten konnten. Als Mathias Sanders gegangen war, überlegte Guntram für einen kurzen Moment, noch zu seinen Eltern zu fahren. Im letzten Augenblick überlegte er es sich allerdings anders und fuhr nach Hause. Dort packte er Whisky in den Wagen und fuhr mit ihm zum Wasserschutzgebiet im Westerhammrich. Der Abend war einfach zu schön und der Hund war schon eine ganze Weile nicht mehr draußen gewesen. Außerdem musste er den Kopf freikriegen, in dem sich noch immer alles um Märchenbücher drehte.

Der Pfleger

Schon zum dritten Mal wischte Jens Drewes der alten Frau einen Speichelfaden aus dem Mundwinkel. Talkea Baumann hatte vor drei Jahren ihren ersten Schlaganfall erlitten und war seitdem halbseitig gelähmt. Gemeinsam mit ihrem Mann Albert wurde sie jetzt von wechselnden Pflegern vom *Wolkenheim* versorgt.

»Geht schon«, zischte sie zwischen den Zähnen hervor und sah Jens Drewes dankbar an. Er drückte ihre Hand und reichte ihr den nächsten Löffel Suppe, den sie mit einem schiefen Lächeln aufschlürfte. Albert war an diesem Morgen ganz früh aus dem Haus gegangen und machte Besorgungen für die restliche Woche. Jeden Montag fuhr er pünktlich zum nächstgrößten Supermarkt und kaufte alles ein, damit er die restliche Zeit bei seiner Frau sein konnte. Jens Drewes hatte in seiner Tätigkeit als Pfleger selten ein altes Paar erlebt, das sich so umeinander sorgte. Es rührte ihn zutiefst. Vor allem, wenn er an seine eigenen Eltern dachte. Kälte hatte seine Kindheit beherrscht. Er fragte sich, warum ausgerechnet so nette Menschen wie Talkea und Albert Baumann keine Kinder hatten. Sicher hätten die sich gerne um sie gekümmert. Es war schon komisch, dachte er, niemals wäre er auf die Idee gekommen, seine eigenen Eltern zu versorgen, obwohl er seinen Beruf oder besser gesagt, seine große menschliche

Aufgabe, wie er immer gerne sagte, über alles liebte. Er sah darin seine große Berufung. Und gerade hier, bei Talkea, die ihn mit ihrem dankbaren Lächeln dankbar ansah, fühlte er sich angekommen. Hätte er sich jemals seine Eltern aussuchen können, sie wären es gewesen. Er streichelte Talkea Baumann über die Wange und sah ihr dabei ins freundliche Gesicht.

»Du bist so ein guter Junge«, sagte Talkea Baumann und schon wieder sammelte sich der Speichel in ihrem Mundwinkel. Jens Drewes wischte mit einem neuen Einwegtuch darüber und reichte ihr einen weiteren Löffel Suppe.

»Und Sie sind eine gute alte Frau«, sagte er und zwinkerte ihr zu. Sie wusste, wie es gemeint war, und lächelte ihn offen an. Es bedurfte nicht vieler Worte zwischen ihnen. Als sie fertig gegessen hatte, räumte er den Tisch ab und fuhr sie dann mit ihrem Rollstuhl ins Badezimmer. Er hatte ihr angewöhnt, dass ihr nach jeder Mahlzeit die noch übrigen Zähne geputzt wurden. Und so sperrte sie bereits auf dem Weg ins Bad den Mund weit auf und gluckste dabei.

»Es geht ja gleich los«, sagte Jens Drewes und schob sie direkt vor das Waschbecken. Dann nahm er ihre Zahnbürste, tat Zahncreme darauf und fing mit kreisenden

Bewegungen an, in dem alten Mund zu putzen. Dabei sah er sich selbst im Spiegel und lächelte sich zu.

Siglinde Guntram

Siglinde Guntram lief sofort nach oben, als Guntram am nächsten Morgen in aller Frühe das Haus verlassen hatte. Im Schlafzimmer zog sie die unterste Schublade des Kleiderschranks auf ihrer Seite auf und nahm das Handy heraus, das sie sich erst vor einer Woche angeschafft hatte. Es gab drei SMS von Manfred Wegener. Darin sagte er ihr, dass er sie sehr vermisse und ihr nächstes Treffen, das heute Nachmittag stattfinden solle, kaum noch erwarten könne. Siglinde Guntram freute sich auch, doch erst musste sie heute Vormittag noch bei ihren Schwiegereltern vorbei. Sie hatte es Guntram versprochen, als er gegangen war. Und da sie wusste, dass das nicht unter zwei Stunden ablaufen würde, beeilte sie sich umso mehr, denn sie wollte auf keinen Fall zu spät in Emden sein. Whisky schlenderte lustlos über den Flur und sah Siglinde nachdenklich hinterher.

»Ich hoffe, dass du nicht auch noch eines Tages anfängst, zu sprechen«, sagte Siglinde zu dem Tier. »Denn dann hätte ich verdammt schlechte Karten.« Whisky hob den Kopf und wackelte mit dem Hinterteil, als er angesprochen wurde. »Ist ja schon gut, du kannst gleich mit nach Rhauderfehn fahren.« Jetzt fing er auch noch an, leise vor sich hin zu winseln vor Freude.

»Ach, Siglinde, da bist du ja endlich«, begrüßte sie Gertrud Guntram, als sie kurz darauf mit Whisky in Rhauderfehn angekommen war. Der Hund lief gleich in den Garten.
»Na, wie geht es euch denn nach dem Schrecken?«, fragte Siglinde und sah kurz darauf, wie die ersten Sandhaufen hinter einem Busch in die Luft flogen. Whisky war wieder beschäftigt.
»Dass es ausgerechnet passieren musste, wenn wir mal aus dem Haus gehen«, brummte Jürgen Guntram und setzte Teewasser auf. »Ich sage dir, so schnell setze ich keinen Fuß mehr vor die Tür. Man ist ja seines Lebens nicht mehr sicher.«
»Aber der Mann ist doch vermutlich krank gewesen«, versuchte Siglinde Guntram die Stimmung zu entschärfen. »Wahrscheinlich war dann die Sommerhitze und die ganze Aufregung bei dem Fest einfach zu viel für ihn.«
»Na, da habe ich aber von unserem Nachbarn heute Morgen schon ganz andere Sachen gehört. Aber lassen wir das...« Er hängte einen Teebeutel in eine Kanne und goss Wasser auf.
Als Siglinde die ersten Äste im Garten durch die Luft wirbeln war, rannte sie schnell nach draußen. »Whisky!«, rief sie und kurz darauf kam der Hund mit hängendem Kopf und schwarzen Pfoten auf sie zugelaufen.

»Was hat der Hund schon wieder angestellt«, rief Jürgen Guntram aus dem Esszimmer. »Der ist genauso nutzlos wie sein Herrchen.«

»Jürgen!«, entrüstete sich Gertrud Guntram, »du sprichst da gerade von unserem Sohn.«

»Papperlapapp ... wenn man ein Tier hat, dann sollte man es auch vernünftig erziehen.«

»Ich werde ihn nicht wieder mitbringen«, sagte Siglinde Guntram und befahl Whisky, sich in den Flur zu legen.

Während sie Tee tranken, sah sie immer wieder auf ihre Armbanduhr.

»Hast du noch etwas vor?«, fragte Jürgen Guntram argwöhnisch.

»Ach, nur noch ein paar Erledigungen, das Übliche...«

Bevor ihr Schwiegervater noch weiter nachbohren konnte, wurde an der Haustür geklingelt und Whisky bellte laut.

»Das wird der Pfleger sein«, sagte Jürgen Guntram. »Er will mit Mutter gleich ein paar ergotherapeutische Übungen machen, damit sie nicht aus dem Tritt kommt.«

»Jürgen, bitte...« Gertrud Guntram war das Verhalten ihres Mannes sichtlich peinlich. Sie war immer eine Frau mit Anstand gewesen und es fiel ihr sicher besonders schwer, jetzt über ihre eigenen Unzulänglichkeiten in aller Offenheit aufgeklärt zu werden vor ihrer Schwiegertochter. Und dann dazu noch das lose Mundwerk ihres Mannes.

Einige Frauen traf es wirklich besonders hart, dachte Siglinde Guntram und schnappte sich Whisky.
»Wir gehen einfach hinten raus, dann gibt es auch keine Probleme mit dem Hund.« Sie verabschiedete sich schnell von ihrer Schwiegermutter und lief mit Whisky über die Terrasse zu ihrem Wagen. Als sie einstieg, war der Pfleger bereits im Haus verschwunden.

»So, jetzt nichts wie weg hier, Whisky, oder was meinst du?« Der Hund saß auf der Rückbank und sah mit ihr durch die Frontscheibe ins Grüne. »Ja, okay, ich mache auch noch einen kleinen Spaziergang mit dir«, sagte sie schließlich, als er sie mit seinen großen braunen Augen fixierte. Erst dann legte sich Whisky zufrieden auf den Rücksitz und rollte sich ein. Siglinde fuhr mit dem Hund auf den Parkplatz der Evenburg und lief eine Runde im Schlosspark mit ihm. Sie kam gerne hierher und manchmal traf sie sogar auf andere Hundebesitzer, mit denen sie sich immer wieder gerne unterhielt. Heute blieb sie aber allein mit sich und ihren Gedanken, und das gefiel ihr auch ganz gut. »Jetzt wird es aber wirklich Zeit«, sagte sie, als sie wieder eingestiegen waren und Richtung Logabirum fuhren.

Zuhause räumte sie schnell noch ein wenig auf und lief dann nach oben ins Schlafzimmer. Sie hatte noch gute zwei Stunden Zeit, bis sie sich mit Manfred Wegener im *Parkhotel der Gruppe Uptalsboom* in Emden traf. Jetzt wollte sie sich umziehen. Doch desto mehr die Zeit drängte, umso gelähmter fühlte sie sich. Was machte sie da? Als sie sich das letzte Mal mit Manfred Wegener getroffen hatte, hatten sie auch das Thema ... ach, sie mochte gar nicht daran denken. Und jetzt waren sie in einem Hotel verabredet. Es schien ihr plötzlich alles so billig und geplant. Hatte sie das wirklich nötig? Offensichtlich. Jochen schlief schon seit vielen Monaten nicht mehr mit ihr, oder umgekehrt. Auf jeden Fall beschränkten sich ihre körperlichen Kontakte auf flüchtige Berührungen beim Abschied oder zur Begrüßung. Wann hatten sie eigentlich aufgehört, die Nähe des anderen zu suchen? Wie selbstverständlich war die Distanz zwischen ihnen entstanden, ohne dass man genau sagen konnte, woran es eigentlich lag. Ihre Freundin nannte das gerne den Ehealltag. Aber war sie als Frau Ende vierzig schon dazu verdammt? Unschlüssig sah sie in den großen Spiegel der Kleiderschranktür. Es fühlte sich wie eine Entscheidung mit enormer Tragweite an, ob sie sich jetzt zurechtmachte oder für immer in Logabirum versauerte. Doch dazu war sie noch nicht bereit. Entschlossen stemmte sie sich auf und ging hinüber ins Badezimmer. Sie sprang noch kurz unter die Dusche und wirbelte ihre dunklen Locken beim Föhnen in alle Richtungen. Dann entschied sie sich für die neue Jeans und ein schwarzes Oberteil. Zur Entspannung schenkte sie sich im Wohnzimmer noch einen Sherry ein und dann fuhr sie los.

»Hallo, ich habe dich schon erwartet.« Manfred Wegener saß in der Empfangshalle vor einem Espresso. »Soll ich dir auch einen bestellen?«
»Oh, ja gerne«, sagte Siglinde, deren Schmetterlinge im Bauch gerade wieder ihre Kapriolen drehten. Er war so ein gepflegt aussehender Mann. Ganz anders als Jochen. Doch verflixt, sie wollte jetzt endlich nicht mehr an ihn denken müssen. Diese paar gestohlenen Stunden, die sollten ganz ihr gehören. Das alles musste ja nicht das Ende ihrer Ehe bedeuten.
»Du bist ein wenig unsicher, hab ich recht?«
»Man sieht es mir wohl an«, antwortete Siglinde.
»Du siehst gut aus, glaube mir. Und mir bleibt dann wohl nur noch, dich ein wenig glücklich zu machen.« Er lachte sie an und sah ihr tief in die Augen.
Ich kann das einfach nicht, dachte Siglinde. Nicht auf diese Art. Sie fühlte sich, als sei sie mit einem Callboy

verabredet. Wobei sie nicht einmal wusste, wie sich das überhaupt anfühlte. Doch so ähnlich musste es wohl sein.
»Wollen wir nach oben aufs Zimmer gehen und uns ein wenig unterhalten?«, fragte Manfred Wegener, dem ihr Stimmungswechsel nicht verborgen geblieben war. »Aber wir können auch einfach einen Kaffee trinken gehen in der Innenstadt, wenn dir das alles hier zu unheimlich ist.« Er lachte wieder.
Sollte sie sich wirklich die Blöße geben, und sich wie ein kleines Mädchen aufführen. Verdammt, sie war eine erwachsene, ja eigentlich schon beinahe alte Frau. Warum hatte sie nur so wenig Selbstvertrauen? Andere machten so etwas sicher jeden Tag.
»Ja, lass uns aufs Zimmer gehen«, sagte sie schließlich und versuchte zu lächeln.
Schweigend nahm er ihre Hand und zog sie mit sich. Die Angestellten verfolgten sie aus dem Augenwinkel heraus und Siglinde Guntram wäre am liebsten im Erdboden versunken. Erst als sie mit ihm im Fahrstuhl verschwunden war, konnte sie wieder frei atmen. Er nahm sie einfach in den Arm und küsste sie lange auf den Mund. Zart und weich lagen seine Lippen auf ihren und sie pfiff auf jegliche moralischen Bedenken und gab sich hin. Es fühlte sich so gut an.

Vorsichtig schob er sie über den dicken Teppich vor sich her, bis sie bei ihrem Zimmer angekommen waren.
»Soll ich aufschließen?«, fragte er, und sie nickte stumm. Sie betraten den lichtdurchfluteten Raum und sie fühlte sich wie auf einer Zeitreise, in ein anderes Leben versetzt. Plötzlich wurde ihr klar, was sie all die Jahre versäumt hatte. War es wirklich noch nicht zu spät für sie?
»Ich habe uns Champagner aufs Zimmer bringen lassen, möchtest du?«
Und ob sie wollte. Lang auf dem Bett liegend stießen sie mit den langstieligen Gläsern an und er kraulte sanft ihren Nacken mit seiner freien Hand.
»Auf uns«, sagte er und küsste danach zärtlich ihre Hand.
»Du weißt, wie man Frauen verwöhnt«, sagte sie zaghaft.
»Sicher denkst du, ich mache das jeden Tag, mich mit fremden Frauen verabreden und...«
»Ich weiß nicht, ist es so?«
»Nein, ganz bestimmt nicht. Ich träume viel von ihnen, ja ... aber es ist auch nicht so leicht, jemanden wie dich zu finden.«
»Was ist denn so Besonderes an mir?«
»Du fragst zuviel...« Er stellte ihre beiden Gläser auf den Nachttisch neben sich und nahm sie in den Arm. Lange küsste er sie auf den Mund, bis es ihr ganz schwindelig wurde. Als sie die ersten Hemmungen überwunden hatte,

ließ sie es endlich zu und erwiderte sein leidenschaftliches Verlangen.

Kommissar Guntram

»Mir will das einfach nicht in den Kopf«, brummte Kommissar Guntram, als er mit Mathias Sanders und Piepwitz im Ermittlungsraum saß. »Und es gibt wirklich nicht die geringste Spur, dass es sich bei dem Tod des Mannes um Mord handeln könnte?«

»Nein, nicht die Geringste«, bedauerte Piepwitz. »Ich tippe auf eine Folge seiner Zuckererkrankung. So eine Art Schock. Wenn ich das bis ins Detail untersucht habe, wissen wir mehr. Aber nach Mord sieht mir das einfach nicht aus. Und du hast doch quasi die ganze Zeit in der Nähe gesessen, da hätte dir doch was auffallen müssen.«

Guntram dachte angestrengt nach. »Mir ist nur aufgefallen, dass der Mann offensichtlich eingeschlafen war, und das, obwohl gerade eine Musikgruppe spielte und alle mitjohlten. Aber bei alten Leuten weiß man ja nie ... hätte ich bloß eher reagiert, verdammt.«

»Keiner weiß, ob ihm das wirklich geholfen hätte«, meinte Mathias Sanders. »Und wenn es ein natürlicher Tod war, dann müssen wir die Verzögerung als tragisch betrachten, einen Unfall.«

»Und das Märchenbuch? Gibt euch das denn gar nicht zu denken, dass auch bei dem Mann eins lag?« Guntram sah seine Kollegen fragend an.

Piepwitz und Mathias Sanders zuckten mit den Schultern.

»Ich hör mich nochmal bei den Kollegen um«, sagte Mathias Sanders und verließ das Büro. Offensichtlich hatte er genug von dem Thema. Und bisher wussten sie nicht einmal, wer der alte Mann war, der bei dem Fest im Park ums Leben gekommen war. Letztlich konnte es ihnen sogar egal sein, denn es war ja kein Fall für sie.

»Ich verstehe einfach nicht, warum wir nicht rauskriegen, wer der Mann war«, meinte Guntram. »Er kann an dem Abend doch nicht vom Himmel gefallen sein. Ich werde gleich mal die Liste mit den als vermisst gemeldeten Personen durchgehen. Irgendjemand muss sich doch fragen, wo er geblieben ist ... warum er nicht mehr nach Hause kam.«

»Ja, mach das«, meinte Piepwitz. »Wenn was ist, ruf mich an. Ich fahr jetzt wieder nach Oldenburg, da warten noch ein paar Leichen auf mich.« Mit den Worten verließ auch er das Büro und Guntram saß alleine und blickte gegen die Wand. Er zermarterte sich den Kopf, was bloß dahinterstecken könnte. Wenn überhaupt. Dann fiel ihm die Liste wieder ein, die er durchgehen wollte. Ob er sich vorher noch einen Schluck Whisky gönnen sollte? Schließlich entschied er sich dagegen und ließ auch die Chips da, wo sie waren. Im Moment war ihm der Appetit auf Ungesundes gründlich vergangen. Er hatte keine Lust, so zu enden wie die beiden alten Toten. Krank, gebrechlich und allein. Irgendwo zusammensinken eines Tages und keiner scherte sich drum. Trübsinniger konnte seine Stimmung wirklich nicht mehr werden. Er zog ein altes Päckchen Kaugummi aus seiner Jackentasche und sog den Pfefferminzgeschmack tief ein. Was wohl Siglinde um diese Zeit machte? Er sah auf seine Armbanduhr, gleich war es sechs. Eigentlich könnte er auch genauso gut Feierabend machen. Außerdem hatte ihn die Neugier gepackt. Er schnappte sich seinen Autoschlüssel und lief zum Parkplatz.

Als er zuhause ankam, stand Siglindes Wagen nicht in der Auffahrt. Ob sie bei seinen Eltern war? Vielleicht hätte sogar er selber noch einmal bei ihnen vorbei fahren können, dachte er, und ging ins Haus. Whisky begrüßte ihn schwanzwedelnd und leckte seine Hände ab. »Ist ja gut, mein Kleiner«, sagte Guntram und lief ein Zimmer nach dem anderen ab. Wie, als ob er es nicht längst wüsste, dass sie nicht da war, ging er auch ins obere Stockwerk ins Schlafzimmer. Er roch ein Parfüm, das ihm nicht bekannt vorkam. Eigentlich benutzte seine Frau schon lange keinen Duft mehr, ging es ihm durch den Kopf. Warum also ausgerechnet jetzt? Das machte sie bestimmt nicht für seine Eltern. Und für eine Freundin donnerte man sich auch wohl kaum auf, wenn man sich zum Kaffeeklatsch traf. Sollte sie tatsächlich ... nein, er mochte diesen Gedanken nicht zu Ende führen. Lieber verschloss er die Augen vor dem, was sich da gerade vor seinem Inneren zusammenpuzzelte. Jede, aber nicht Siglinde, das war einfach ausgeschlossen. Er ging wieder nach unten in die Küche und setzte sich einen Kaffee an. Er ließ Whisky in den Garten laufen und sah kurz darauf die ersten Sandhaufen durch die Lüfte fliegen. »Whisky!«, rief er und augenblicklich kam der Hund freudig zu ihm gelaufen, als erwarte er eine Belohnung für seine Anstrengungen. »Ich weiß nicht, ob das ein gutes Ende mit dir nimmt mein Lieber«, sagte Guntram und zog die Schublade der Küchenanrichte auf, in der sämtliche Leckerlies für den Hund gesammelt wurden. »Möchtest du heute lieber Rind oder Huhn?«, fragte Guntram und hielt Whisky zwei Packungen mit Kaustreifen hin. Der Hund setzte sich auf den Hintern und ließ seine Zunge links aus dem Maul hängen. »Aha, verstehe, also Rind...«, sagte Guntram und gab ihm zwei Streifen und packte den Rest wieder in die Lade zurück.

Er schenkte sich einen Kaffee ein und lief damit auf die Terrasse. Während er seinen Gedanken nachhing, hörte er, wie das Ehepaar von nebenan wieder einen üblen Streit vom Zaun brach. Endeten eigentlich alle Ehen im Chaos?, fragte er sich. Dann klingelte sein Handy. Er zog es aus der

Hosentasche und sah, dass Mathias Sanders anrief. Eine willkommene Abwechslung, er nahm ab.

»Ja, Mathias, was gibt es?«

»Wir wissen jetzt, wer der Tote ist.«

»Echt?«

»Ja, es handelt sich um Bernhard Müller aus Augustfehn.«

»Wie hast du das rausgekriegt?«

»Es hat eine Frau auf der Wache angerufen und ihn als vermisst gemeldet.«

»Verdammt, hätte ich mir doch noch die Liste angesehen, bevor ich gegangen bin«, ärgerte sich Guntram. »Bist du noch auf der Dienststelle?«

»Ja, bin ich. Die Frau will gleich hier vorbeikommen.«

»Ich bin sofort da.« Guntram sprang aus dem Gartenstuhl und rief Whisky ins Haus. Beim Blick auf die Uhr sah er, dass es gleich sieben war. Und Siglinde war immer noch nicht zurück. Er schob seine Gedanken an sie beiseite, gab Whisky noch einen Kaustreifen und fuhr dann schnurstracks Richtung Polizeidienststelle.

Als Guntram in Leer ankam, hatte Mathias Sanders bereits mit der Befragung der Zeugin angefangen. Es handelte sich um eine Nachbarin des Toten. Sie erzählte, dass Bernhard Müller allein gelebt habe.

»Woran ist Ihnen denn aufgefallen, dass etwas nicht stimmt?«, fragte Mathias Sanders gerade, als Guntram

hereinkam. »Das ist mein Chef und Kollege Jochen Guntram«, fügte er an und sah die Frau wieder an.
»Ich weiß es nicht, es war wohl nur so ein Gefühl«, sagte die Zeugin. »Ich wusste ja, dass Bernhard an diesem Abend zu der Veranstaltung nach Leer wollte.«
»Fuhr er noch selber mit dem Wagen?«
»Ja, das schon ... aber eigentlich eher selten. Er schimpfte immer auf Menschen, die alt und gebrechlich noch hinter dem Steuer saßen.«
»Aber er war gerade mal Ende sechzig«, meinte Guntram, »war er denn krank?«
»So genau weiß ich das nicht, aber ja, ein bisschen eingeschränkt war er vielleicht schon. Seine Zuckerkrankheit machte ihm seit einigen Jahren zu schaffen. Er musste eine immer höhere Dosis Insulin spritzen.«
»Hm ... aber es ist doch komisch, wenn jemand alleine zu einer Veranstaltung geht, oder? Hatte er keine Freunde oder Verwandten, mit denen er was unternahm?«
»Soweit ich weiß, gibt es da eine Tochter, aber die wohnt nicht hier in der Gegend. Und Freunde? Wer hat in dem Alter schon noch Freunde?«, sie sah für einen Moment resigniert auf ihre Hände.
»Leben Sie auch alleine?«, fragte Guntram.

Sie blickte auf. »Ja, seitdem mein Mann verstorben ist. Aber ich habe eine Menge netter Bekannter, ich komme schon zurecht.«
»Waren Sie mit Herrn Müller befreundet?«
»Nein, so würde ich das nicht nennen. Man grüßte sich und wünschte sich einen schönen Tag. Eigentlich wollte er gar nicht so viel Nähe, glaube ich jedenfalls ... bis auf ... hm, etwas ist mir da schon merkwürdig erschienen in den letzten Wochen.«
»Ach ja?«, Guntram horchte auf. »Erzählen Sie.«
»Nun, seit einiger Zeit erhielt er immer Besuch von einem Mann.«
»Was für ein Mann? Kennen Sie ihn?«
»Nein, überhaupt nicht. Das kam mir ja so merkwürdig vor. Er kam mindestens zweimal die Woche und blieb etwa eine Stunde. Als ich Bernhard einmal darauf angesprochen hatte, hat er mich schroff abgewiesen. Danach habe ich nie wieder gefragt.«
»Können Sie den Mann beschreiben?«
»Ja, das auf jeden Fall. Er war so um die fünfzig, würde ich sagen. Und er war eine sehr gepflegte Erscheinung. Ich gebe ja zu, dass ich mir darüber den Kopf zerbrochen habe, wer es sein könnte und was er bei Bernhard macht. Aber wie gesagt...«

»Wir brauchen auf jeden Fall ein Phantombild«, sagte Mathias Sanders.
»Ja, kümmere dich bitte darum«, sagte Guntram. »Ich denke, wir sind hier jetzt soweit fertig.«
Mathias Sanders bat die Frau, mitzukommen. Guntram nahm sich noch einmal die Ermittlungsakten vor. Er war sich sicher, dass Bernhard Müller ermordet worden war. Genauso wie die Dame vom Deich. Auch wenn man bisher keine Spuren in die Richtung gefunden hatte. Er nahm sein Telefon und rief Piepwitz an.
»Ja, hallo, Jochen hier. Du hör mal, hast du schon was rausgefunden zu unseren beiden Alten?«
»Nein, bisher nicht. Aber du willst mir jetzt sicher sagen, dass ich etwas übersehe, stimmt's?« Piepwitz klang ein wenig genervt, fand Guntram.
»Nein, natürlich nicht. Aber ich möchte dich bitten, nach Hinweisen zu suchen, dass es doch eine unnatürliche Todesursache gibt. Das mit den Märchenbüchern ist kein Zufall, da verwette ich Whisky.«
»Deinen Hund?«, fragte Piepwitz entrüstet. »Na, da musst du deiner Sache ja verdammt sicher sein.«
»Das bin ich auch. Ich kapier nur noch nicht, warum das alles passiert.«
»Ich mach mich noch mal auf die Suche, versprochen«, sagte Piepwitz und legte auf.

Guntram starrte sein Telefon an. Ob Siglinde schon zuhause war? Sollte er sie vielleicht unter einem banalen Vorwand anrufen? Nach einer kurzen Weile entschied er sich dagegen. Wahrscheinlich war sie nur mit ihrer Freundin unterwegs und sie hatten sich verquatscht. Oder sie saßen in einem Kino. Wer wusste schon, was Frauen so anstellten, wenn sie Langeweile hatten. Er las stattdessen die Akten noch einmal durch und notierte sich etwas auf einem Schmierzettel:

Zwei Tote im fortgeschrittenen Alter, Senioren, alleinstehend

Todesursache anscheinend!!! natürlich

Fundorte beide Male in Leer, einmal alleine am Deich, einmal bei einer Großveranstaltung, Anmerkung: da fühlt sich ein Täter also verdammt sicher!!!

Märchenbücher bei beiden Leichen, Eselsohren bei bestimmten Märchen, bei der Frau »Der Fischer und seine Frau«, bei dem Mann »Das tapfere Schneiderlein«. Was wollen uns diese Märchen sagen???

Er blickte lange auf das, was er da geschrieben hatte. Das Geheimnis könnte hinter den Bedeutungen der Märchen liegen. Er griff wieder zum Telefon und wählte Mathias Sanders Nummer.

»Ja, Jochen hier ... Ist die Zeugin schon wieder weg? Okay, dann hör mal zu. Ich habe mir Gedanken über die Märchen gemacht. Kannst du mal was zu dem Hintergrund von der Dame vom Deich in Erfahrung bringen, und ob es in ihrer Familie eine Fischerfamilie gibt oder ob sogar ihr Mann einmal diesen Beruf ausgeübt hat?«

»Klar kann ich das machen«, antwortete Mathias Sanders und gähnte. »Aber kann das auch bis morgen warten?«

Guntram sah auf die Uhr. Gleich war es bereits acht. »Aber sicher«, sagte er in den Hörer. »Dann mach dir mal einen schönen Abend mit deiner neuen Bekanntschaft.« Er legte auf. Seine Gedanken kreisten weiter um das tapfere Schneiderlein. War Bernhard Müller Schneider gewesen? Wenn seine Theorie stimmte, dann musste es einfach so sein. Er nahm sich vor, morgen in aller Frühe mehr über die Tochter von Bernhard Müller herauszufinden und sie zu befragen. Und dann war da noch dieser große Unbekannte, der Bernhard Müller öfter besucht hatte. Er rieb sich übers Kinn. Er hatte weder Lust nach Hause zu fahren, noch wollte er länger hier in der Dienststelle sein. Aber wohin sollte er gehen? Schließlich raffte er sich auf und fuhr nach Hause.

Als er den Wagen in die Auffahrt lenkte, stand auch Siglindes Fiesta vor der Tür. Ein Stein fiel ihm vom Herzen und er konnte nicht einmal sagen, warum es ihn so erleichterte. Er stellte den Motor aus und lief auf sein Haus

zu. Whisky bellte, weil er einen Wagen gehört hatte. Es war noch nicht dunkel, also könnte er noch einen Spaziergang mit dem Hund machen. Er schloss auf und wurde wild begrüßt.
»Siglinde?«, rief Guntram und lief in die Küche.
»Ich bin oben«, kam es aus dem oberen Stockwerk. »Setz dich ruhig ins Wohnzimmer, ich mache uns gleich noch etwas zu essen. Das geht ganz schnell.«
Komisch, dachte Guntram. Was machte sie da oben?
»Lass dir Zeit«, rief er, als er in den Flur gelaufen war. »Ich gehe noch ein wenig mit Whisky raus. Wir können ja später noch eine Kleinigkeit essen. Das muss aber nicht unbedingt sein.« Und schon schnappte er sich die Leine, was Whisky mit wildem Schwanzwedeln honorierte.
»Kann es sein, dass du in letzter Zeit zu kurz kommst, mein kleiner Freund?«, sagte Guntram und strich Whisky über den Kopf. Der Hund hatte mittlerweile eine stattliche Größe erreicht und war eine Mischung aus Golden Retriever und weiß der Geier was für einem Hund. Viele Spaziergänger erkundigten sich nach der Rasse, die noch in Whisky stecken könnte. Er war überall beliebt, weil er ein ganz ausgeprägt gutes Wesen hatte. Guntram lief mit ihm durch die Seitenstraßen und dann über eine größere Wiese, damit Whisky sein Geschäft erledigen konnte.

Später saßen Guntram und Siglinde im Wohnzimmer vor dem Fernseher. Whisky hatte es sich auf der Couch ebenfalls gemütlich gemacht. Zum Abendbrot hatte Siglinde noch einen Salat mit kleinen Broten mit Käse gezaubert, was Guntram kulinarisch zwar gefiel, doch ihm war ihr Verhalten suspekt. Während sie sich eine Sendung über die Folgen von erhöhtem Cholesterin ansahen, sagte sie nicht ein mahnendes Wort zu seiner Vorliebe für Chips und deftiges Essen. Nein, nach dem Essen schenkte sie ihm sogar noch einen Whisky ein und genehmigte sich selbst auch einen. Was war bloß in sie gefahren? Sie sah so ... Guntram fehlten die Worte und er traute sich kaum *einfach glücklich* zu denken. Oder machte er sich am Ende nur so viele Gedanken um sie, weil er selber sich so langweilte ohne ... Katrin? Vermutlich war es ganz genau so, beruhigte er sich. Was konnte seine Frau dafür, wenn er plötzlich sein Interesse für sie entdeckte? Wahrscheinlich benahm sie sich gerade so wie immer, nur dass es ihm plötzlich auffiel.

»Und, hattet ihr Spaß?«, fragte er und sah sie von der Seite her an. Für einen kurzen Augenblick meinte er gesehen zu haben, dass sie erschrocken schien.

»Wer?«, fragte sie und drehte sich zu ihm.

»Ich weiß ja nicht, mit wem du so lange unterwegs warst«, meinte Guntram und schob sich eine Weintraube in den Mund.

»Soll das jetzt ein Verhör werden, oder was?«

»Eigentlich war es nur eine ganz einfache Frage. Aber wenn du denkst, dass es mich nichts angeht.«

»Jochen, also ehrlich. Seit wann interessierst du dich dafür, was ich mache?«

Er fragte sich, ob das jetzt die Antwort sei, mit der er sich zufriedengeben musste. Ihm verging die Lust, weiter in sie zu dringen. Auf der anderen Seite überwog die pure Neugier, doch das behielt er für sich. Unsicher rutschte Siglinde auf ihrem Sessel hin und her, das konnte er genau sehen. Also verbarg sie etwas vor ihm. Er war einfach zu lange Ermittler, als dass es ihm entgehen konnte.

»Ich war noch mit einer Freundin im Kino«, sagte Siglinde schließlich, als er nicht weiter nachbohrte. »Und ja, wir hatten Spaß. Wir waren vorher noch in der Innenstadt und haben uns einen Cocktail genehmigt.« Sie lachte. Offensichtlich hat sie sich wieder in der Gewalt, dachte Guntram und ließ ihre Mimik nicht aus den Augen. Whisky spürte instinktiv, dass etwas im Busch war, und verzog sich vom Sofa. Hunde haben den siebten Sinn, dachte Guntram, und mir altem Esel bleibt auch nicht alles verborgen. Er nahm sich vor, seine Frau jetzt mehr im Auge zu behalten.

Froschkönig

Es roch modrig. Noch immer hatte man Enno Peters nicht gefunden. Was musste denn noch passieren, damit die Menschen endlich aufmerksam wurden. Wütend knallte er die Wohnungstür in dem Mehrfamilienhaus hinter sich zu. Der Postkasten unten am Eingang quoll doch schon über. Interessierte sich denn niemand für den armen alten Mann im dritten Stock? Er lief mit vorgehaltenem Taschentuch von einem Zimmer zum anderen. Enno Peters saß noch immer vor dem Fernseher, der seit fast zehn Tagen ohne Ton lief. Schlaff hingen seine Arme herab und seine Haut wirkte fahl, die Wangen eingefallen. Die Augen waren in die Höhlen gekippt und er traute sich nicht, sie noch einmal zu öffnen. Dem Tod ins Auge sehen. Genau das sollten sie tun. Erkennen, was sie diesem armen alleinstehenden Mann all die Jahre angetan hatten, indem sie ihn in die Verdammnis der Einsamkeit verbannten. Was hatte er ihnen denn getan, um so ein Schicksal zu verdienen? Nichts. Nichts? Er wusste es besser, dass hinter jeder Fassade etwas lauerte. Er lief hinüber ins Bad, schloss die Tür hinter sich und riss das Fenster auf. Tief holte er Luft. Doch er wollte nicht, dass in der restlichen Wohnung gelüftet wurde. Irgendwann würde der Duft des Todes sich einen Weg unter der Türschwelle hindurch in den Flur bahnen und dann würden sie endlich merken, was los war. Sie mussten noch viel lernen, die Menschen. Seine Aufgabe war noch lange nicht erfüllt. Er drehte den Hahn auf und hängte sich mit dem Gesicht darunter und trank das kühle Wasser. Seine Erinnerung rief die vielen Nachmittage wach, an denen er die kleine hellblaue Plastikwanne hier mit lauwarmem Wasser gefüllt hatte, um Enno Peters zu waschen. Am meisten hatte er immer aus dem Mund gerochen. Doch wer hätte ihm das sagen sollen? Noch nie hatte er einen so einsamen Menschen kennen gelernt wie diesen alten Mann, der sein ganzes Leben damit verbracht hatte, anderen zu gefallen. Deshalb hatte er ihm auch den *Froschkönig* zugedacht. Betört von seinem eigenen Werk, das so gnadenlos von anderen verkannt wurde, hätte er nicht übel Lust gehabt, alles in die Welt hinauszuschreien. Doch er musste sich gedulden. Die Menschen waren noch nicht so weit. Einfältig saßen sie den ganzen Tag vor ihren Fernsehern und scherten sich einen Dreck darum, wie es alten Menschen, die eigentlich alles aufgebaut hatten, ging. Abgeschoben wurden sie. In einzelne Zimmer wie in Zellen gesperrt vegetierten sie vor sich hin und wurden wie Vieh zu den Mahlzeiten gekarrt. Wer noch laufen konnte, dem wurde ein kleines Stückchen Garten wie ein Auslauf zur Verfügung gestellt. Er redete sich selbst so in Rage, dass er nicht mehr merkte, wie seine Hand, die er unter das laufende Wasser hielt, langsam blau anlief vor Kälte. Er stellte das Wasser ab und trocknete sich die Hände an dem dunkelblau gestreiften Frottiertuch. Er sah in den Spiegel. Da war nur Hass.

Katrin Birgner

Katrin Birgner hatte sich seit ihrer beruflichen Abstinenz bei einer Freundin im Münchner Raum einquartiert und eine Therapie begonnen. Jeden Tag aufs Neue ging sie gedanklich ihr bisheriges Leben durch, und was sie sah, ließ sie schier verzweifeln.

»Mit Mitte dreißig so hilflos wie ein Teenager«, sagte sie oft, und ihr Therapeut fragte sie, warum sie so empfand. Ja, warum? Sie fühlte sich wie ein junges Mädchen, das nicht erwachsen werden wollte oder das man nie hatte erwachsen werden lassen. Immer wurde sie unterdrückt, gegängelt und nicht ernst genommen. Auch in ihrem jetzigen Job in Leer habe sie sich von ihrem Chef immer unterbuttern lassen, hatte der Therapeut festgestellt und damit noch eins obendrauf gesetzt. »Wie ist denn ihr Verhältnis zu Ihrem Chef?«, hatte er gefragt. Katrin Birgner zuckte nur mit den Schultern. »Ich kann es beim besten Willen im Moment nicht in Worte fassen.« Dann hatte sie leise angefangen zu weinen.

Nach weiteren drei Wochen hatte sie sich endlich soweit gefangen, dass sie wieder arbeiten wollte. Sie befuhr die A28 von Oldenburg nach Leer, und als sie das Eingangsschild zur Begrüßung im Landkreis Leer sah, wurde ihr fast übel. Ihr Therapeut in München hatte ihr dringend geraten, die Gespräche zuhause fortzusetzen. Und nachdem sie es auf der Heimfahrt nicht fertiggebracht hatte, auch bei ihren Eltern vorbeizuschauen, musste er wohl recht haben. Sie war noch nicht so weit. Stattdessen war sie in Hannover in ein kleines Hotel in der Innenstadt eingekehrt und hatte sich gleich nach dem Abendbrot ins Bett verkrochen. Es saß ihr verdammt in den Knochen, dass sie Guntram bald wiedersehen würde. Auf der einen Seite freute sie sich, war aufgeregt und nervös. Aber andererseits krampfte sich alles in ihr zusammen, wenn sie an die letzte gemeinsame Mordermittlung mit der wilden Schießerei in Essen dachte. Sie fühlte sich innerlich zerrissen. Würde es je wieder normal werden mit ihr? War es das überhaupt gewesen? Sie merkte, dass sie den Fuß quasi ganz vom Gaspedal genommen hatte und nur noch so dahin rollte. Selbst ihr Wagen weigerte sich, nach Leer zu fahren. An einem Rastplatz setzte sie den Blinker und fuhr raus. Sie war alleine dort und stieg aus. Sie machte ein paar Dehnübungen nach der langen Fahrt, die sie in einem Rutsch erledigt hatte. Bis hierher. Sie lief ein paar Schritte und hielt inne, als sie einen alten Mann im Rollstuhl sah. Er saß ganz alleine an dem Holztisch, an dem zwei weitere Bänke standen. Katrin Birgner sah sich um. Kein Auto und keine Menschenseele weit und breit. Konnte das wirklich sein? Selbst wenn dieser alte Herr alleine unterwegs war, so musste er doch irgendwie hierhergekommen sein. »Hallo?«, rief sie schließlich und lief in seine Richtung. »Kann ich Ihnen vielleicht helfen?« Der Mann antwortete nicht. Als Katrin Birgner bei ihm angekommen war, ahnte sie es schon. Die Haut des

Mannes war grau und fahl. Er lebte nicht mehr. Seine im Nacken ein wenig fransigen Haare sahen unter einem alten grauen Hut hervor. Um sich Gewissheit zu verschaffen, nahm Katrin Birgner die Hand des Mannes. Sie war eiskalt. Einen Puls gab es nicht mehr.
»Oh mein Gott«, murmelte Katrin Birgner. »Was mache ich jetzt nur?« Ihr kamen die Tränen. Wie konnte so ein einsamer alter Mann hier alleine auf einem Rastplatz sterben? Wer hatte ihn hier vergessen? Ging das überhaupt? Sie konnte es sich nicht vorstellen. Sie setzte sich auf eine der Holzbänke und weinte hemmungslos. Alles, was sich auf der Fahrt hierher angestaut hatte, brach sich jetzt Bahn. Sie wusste gar nicht mehr, warum sie eigentlich weinte. Aber es musste alles raus. Als sie sich ein wenig gefangen hatte, wischte sie sich die Tränen mit einem Taschentuch weg. Sie fröstelte. Erst jetzt merkte sie, dass sie gar keine Jacke über ihrem T-Shirt trug. Sie schlang ihre Arme um sich. Dann erst entdeckte sie, dass etwas doch recht Ungewöhnliches auf dem Tisch lag, das nicht ins Bild passte auf einem Rastplatz. Es sah aus wie ein Kinderbuch. Bunte Zeichnungen und eine etwas größere Schrift deuteten auf den aufgeschlagenen Seiten darauf hin. Sie zog es vorsichtig zu sich. Es war offensichtlich ein Märchenbuch, und die aufgeschlagene Seite war der Beginn von *Hans im Glück*. Katrin Birgner fühlte sich unbehaglich. Nein, es konnte auf gar keinen Fall sein, dass dieser Mann hier alleine hergekommen war. Und dann das Märchenbuch. Da stimmte etwas ganz und gar

nicht. Für einen Moment vergaß sie ihre eigenen Gefühle und lief zum Wagen. Sie schnappte sich ihr Handy und wählte Guntrams Nummer.

Kommissar Guntram

Kommissar Guntram war am nächsten Morgen schon sehr früh aus dem Haus gegangen. Er hatte schlecht geschlafen. Als er sich gestern im Bad für die Nacht fertiggemacht hatte, war ihm eine rote Bluse in der Wäschetonne aufgefallen. Siglinde hatte sie zwar ganz nach unten gestopft, doch da er selber nach einer Socke gesucht hatte, war er darüber gestolpert. Alles wäre nicht weiter auffällig gewesen, wenn er sie jemals in so einer roten Bluse gesehen hätte. Doch das hatte er nicht. Und sie war neu, das konnte er fühlen, als er sie in der Hand hielt. Es war ihm klar, dass eine Frau sich nur für einen Mann so eine Bluse kaufte. Und er war ganz offensichtlich nicht dieser Mann, für den diese Anschaffung notwendig gewesen war. Und so war er schon um kurz nach sieben Uhr ohne Frühstück, nicht mal einen Kaffee hatte er getrunken, aus dem Haus gegangen. Whisky war ihm zwar nach unten nachgelaufen, doch als er erkannte, dass nichts für ihn abfiel, hatte er sich wieder nach oben ins Schlafzimmer verzogen.

Die Dienststelle lag noch im Halbschlaf, als Guntram dort ankam. Auch Mathias Sanders war noch nicht da. Also lief er in sein Büro und warf die Tür hinter sich zu. Er musste auf andere Gedanken kommen. Sollte er vielleicht jetzt nach so vielen Ehejahren den eifersüchtigen Gockel spielen? Nein, diese Rolle lag ihm nicht. Er setzte sich an seinen Schreibtisch und studierte noch einmal die Notiz, die er sich gestern Abend gemacht hatte. Märchen! Warum ausgerechnet Märchen? Diese waren doch in erster Linie für Kinder gemacht. Und was wollten sie Kindern sagen? Sie handelten oft von moralischen Dingen und es ging verdammt brutal darin zu. Vermutlich wollte der Täter etwas aussagen, auf etwas hinweisen. Den Finger in die Wunde legen? Verdammt, warum war denn Mathias Sanders noch nicht da? Er sah auf die Uhr. Es war jetzt kurz nach acht, er würde schon gleich hier sein. Und im nächsten Augenblick ging die Tür auf.

»Hallo Jochen, schon so früh auf den Beinen?« Mathias Sanders setzte sich ihm gegenüber an den Schreibtisch.
»Ja, heute war ich wohl mal der Erste. Du ... guck mal hier, ich hab mir gestern noch ein paar Notizen gemacht«, er reichte Mathias Sanders den Schmierzettel.
»Hm ... toll«, murmelte dieser nur. »Ich werde mich jetzt mal mit dem familiären Hintergrund der Dame vom Deich beschäftigen«, sagte er und wollte schon wieder das Büro verlassen.

»Warte mal«, sagte Guntram, »vielleicht war es ja auch kein Zufall, dass sie gerade dort am Deich gefunden wurde. Ich meine Fischer und Deich, na klingelt's?«
»Da wär ich nie drauf gekommen«, murmelte Mathias Sanders und war auch schon verschwunden.
Guntram setzte sich an seinen Rechner und gab den Namen Bernhard Müller in die Suchmaske. Es ploppten alleine in Ostfriesland an die dreihundert Namen auf. So ging das nicht. Er grenzte die Suche mit einer Altersbegrenzung ein. Da waren es schon viel weniger. Auch Bernhard Müller aus Augustfehn war dabei. Seine Tochter war eine gewisse Bärbel Weiße, die in der Nähe von Köln lebte. Das war aber auch schon alles. Guntram nahm den Hörer des Telefons und wählte die Nummer vom Einwohnermeldeamt.
»Ja, hallo, Guntram, Polizei in Leer. Ich bräuchte mal die Kontaktdaten einer Bärbel Weiße in Köln.«
»Haben Sie noch weitere Angaben, vielleicht das Geburtsdatum?«, fragte eine freundliche Frauenstimme am anderen Ende der Leitung.
»Nein, leider nicht. Aber der Vater heißt Bernhard Müller, falls das weiterhilft.«
»Moment, ich leg Sie mal kurz zur Seite.«
Da sind Sie nicht die Einzige, dachte Guntram, und legte den Hörer auf seine Schulter. Er sah sich die restlichen

Eintragungen zu Bernhard Müller an, aber es stand da nichts zu seiner beruflichen Laufbahn und ob er sogar Schneider gewesen war. Nach einer Weile hörte er wieder eine Stimme im Hörer.

»Ja, ich bin noch da. Und?«

»Ich habe die Daten, die sie brauchen«, sagte die Frauenstimme und Guntram notierte sich eine Adresse und eine Telefonnummer zu Bärbel Weiße.

»Vielen Dank«, sagte er und legte auf, um gleich darauf die genannte Telefonnummer in den Hörer zu tippen. Er ließ es lange klingeln, doch niemand nahm ab. Wäre ja auch zu schön gewesen, dachte er. Ob Mathias Sanders schon etwas herausgefunden hatte? Er sah wieder auf seine Uhr, es war erst kurz vor neun. Er wollte seinen Kollegen lieber nicht schon wieder nerven, er würde sich melden, wenn er etwas rausgefunden hatte. Er entschloss sich, den Veranstalter von *Märchen und Musik im Park* in Loga aufzusuchen. Vielleicht half es ja, wenn er etwas mehr zu dieser Veranstaltung wusste, wo sich auch alles um Märchen drehte. Er ging bei Mathias Sanders vorbei und sagte ihm Bescheid, bevor er zu seinem Wagen lief und losfuhr. Sein Kollege hatte noch nichts zur Familie der Dame vom Deich herausgefunden. Eigentlich ist es komisch, dachte Guntram, warum sind unsere Opfer so seltsam alleine?

Natürlich war die Bahnschranke in der Bremer Straße wieder unten. Meistens musste man hier mit gefühlten zehn Minuten Wartezeit rechnen. Wütend stellte er den Wagen ab. Er wusste eigentlich selber nicht, warum er an diesem Morgen so furchtbar schlechter Laune war. Vielleicht hatte er einfach zu lange keine Chips mehr gegessen. Während er vor der Schranke wartete, ließ er seinen Blick über die Menschen schweifen, die zu Fuß oder mit dem Rad unterwegs waren. Es waren erstaunlich viele ältere und teils auch gebrechliche Menschen, die auf Gehhilfen gestützt warteten. Er schätzte, wenn man genauer hinsah, würde man irgendwann zu dem Schluss kommen, dass ungefähr die Hälfte aller Menschen in Leer über sechzig war. Aber vielleicht war das auch nur ein Gefühl. Um diese Zeit waren ja viele bei der Arbeit und die jungen Leute in der Schule. Und jetzt zur Ferienzeit lagen sie sicher noch in den Betten. Er dachte an seine eigenen Kinder und wie schnell die Zeit vergangen war, bis sie erwachsen waren. Würde er am Ende sogar bald Opa werden? Er schüttelte sich bei dem Gedanken und hoffte, dass ihm dieses Erlebnis noch eine Weile erspart bliebe. Dann endlich gingen die Schranken wieder auf. Er startete den Wagen und rollte langsam los. Er fuhr über die Spierkreuzung und war nach wenigen Minuten bei *Bücher Borde* angekommen. Er stellte seinen Wagen bei der gegenüberliegenden Bank ab und stieg aus. Als er den Wagen abschließen wollte, klingelte plötzlich sein Handy. Er zog es aus der Jackentasche und hielt den Atem an. Es war Katrin. Sein Herz schlug wild. Seine Hand zitterte, als er den Annahmeknopf drückte.

»Ja?« Mehr brachte er beim besten Willen nach so langer Zeit ohne ein Zeichen von ihr nicht zustande.

»Jochen?« Auch ihr hatte es offensichtlich die Sprache verschlagen.

»Katrin, wo bist du?«

»Ich...«, sie schluckte. »Ich stehe hier auf dem Rastplatz kurz vor Leer aus Richtung Oldenburg kommend.«

»Brinkum?« Sein Herz machte einen Satz, sie war ganz in seiner Nähe. »Was machst du da?«

»Ich habe einen Toten gefunden, kannst du kommen?«

»Einen Toten? Was ist passiert?«

»Ich weiß es nicht. Ein alter Mann saß hier ganz alleine ... ich wollte mir nur die Beine vertreten, bevor ich wieder ... auf jeden Fall, als ich zu ihm ging, da reagierte er nicht. Er ist tot.«

»War er alleine dort?«

»Es sieht so aus. Vielleicht heißt er Hans.« Sie versuchte ein Lachen.

»Hä ... wie kommst du darauf?«

»Es liegt ein Märchenbuch vor ihm auf dem Tisch.«

»Ein Märchenbuch!?«, schrie Guntram plötzlich in den Hörer. »Lass alles so, wie es ist. Ich bin sofort da.«
Er legte auf und sprang in seinen Wagen. Das wäre dann die Nummer drei, dachte er und gab Gas. Von unterwegs informierte er die Spurensicherung und Gerichtsmediziner Piepwitz.

Als Guntram auf dem Rastplatz ankam, sah er Katrin Birgner auf der Bank beim Rastplatz sitzen. Sie wirkte auf den ersten Blick fremd. Er stieg aus seinem Wagen und lief in schnellen Schritten auf sie zu.
»Hallo Katrin«, sagte er und versuchte, ihren Blick einzufangen. Was dachte sie, was ging in ihr vor?
»Hallo Jochen. Da ist der Tote.« Sie zeigte auf den alten Mann.
»Na, da hast du ja gleich wieder einen guten Start«, sagte Guntram und nahm den Mann näher unter die Lupe. »Und? Wie geht es dir?«, fragte er nach einer kurzen Weile.
»Ich weiß es nicht...«, antwortete Katrin Birgner. »Es ist so viel passiert, lass uns später darüber reden, ja?«
Ihre Augen wirken ängstlich, dachte Guntram und sagte: »Du siehst aus, als ob du abgenommen hättest. Du hast recht, lass uns später reden.« Er machte sich an dem

Märchenbuch zu schaffen. »Und das lag hier so vor dem Toten auf dem Tisch?«

»Ja, ganz genau so«, bestätigte Katrin Birgner. »Ich habe nichts verändert. Er saß alleine hier und niemand war zu sehen weit und breit. Warum fragst du? Ist da noch mehr, was ich wissen sollte?«

»Allerdings. Wenn ich richtig liege, dann ist das bereits der dritte Mordfall, bei dem ein Märchenbuch eine Rolle spielt. Es dürfte sich also um einen Serientäter handeln.«

»Tatsächlich?«

»Ja.« Guntram erzählte ihr in kurzen Sätzen, was sich bisher zugetragen hatte. Dann bog das restliche Team auf den Rastplatz ein und machte sich an die nähere Untersuchung des Toten. Auch Piepwitz traf ein und schüttelte mit dem Kopf.

»Das kann doch nicht wahr sein«, meinte er mit erschüttertem Unterton. »Wer macht denn so etwas? Das ist ja fast, als hätte man seinen Hund ausgesetzt! Die Menschen sind mittlerweile wohl wirklich zu allem fähig.« Er ging um den Toten herum und befühlte seinen Hals und die Hände. Er schob ein Augenlid der Leiche hoch und schüttelte wieder mit dem Kopf. »Es sieht auf den ersten Blick nach einem natürlichen Tod aus, aber das kennen wir ja schon«, meinte er und zeigte auf das Märchenbuch. »Ich nehme an, dass das aber darauf hindeutet, dass er zu unserer Mordserie gehört, richtig?«

»Ganz genau«, antwortete Guntram. »Wir müssen uns gleich, wenn wir hier fertig sind, zu einer Besprechung zusammensetzen. Es muss ein umfassendes Täterprofil her. Und vielleicht hat ja auch die Phantomzeichnung von der Zeugin aus Augustfehn schon etwas gebracht. Eines ist sicher, wir können jederzeit mit einer weiteren Leiche rechnen. Kommst du gleich mit zur Dienststelle?«, fragte Guntram an Katrin gewandt. Sie zuckte mit den Schultern.

»Ich weiß nicht, eigentlich bin ich ja noch nicht offiziell wieder im Dienst.«

»Aber du hast den Toten hier gefunden, also bist du auf jeden Fall eine Zeugin. Bitte komm mit, ja?«

»Hm … also gut«, sagte sie schließlich, weil sie spürte, dass Guntram sie viel mehr als nur als Zeugin brauchte. Und eigentlich ging es ihr ja auch so. In nicht einmal fünfzehn Minuten war das Chaos in ihrer Gefühlswelt wieder perfekt.

Sie stiegen in ihre Wagen und steuerten Richtung Leer zur Polizeidienststelle.

Dort trafen sie auf Mathias Sanders, der von Guntram bereits per Telefon über das Wichtigste unterrichtet worden war.

»Leider hat das Phantombild bisher noch nichts ergeben, und auch die Suche nach Verwandten bei der Dame vom Deich war bisher negativ. Und bei dir?« Mathias Sanders hatte für die Besprechung bereits alles vorbereitet.
»Ach, na ja, ich habe die Nummer von der Tochter von Bernhard Müller aus Augustfehn, aber sie geht nicht ans Telefon. Ich werde es da später nochmal versuchen«, sagte Guntram und setzte sich an den Tisch vorne im Raum. »Katrin kommt übrigens auch gleich«, versuchte er so gleichgültig wie möglich zu sagen.
»Katrin Birgner?«, fragte Mathias Sanders ungläubig.
»Kennst du noch eine andere?«
»Nein, aber ... wo kommt sie denn so plötzlich her?«
»Ich weiß es nicht, aber sie hat den Toten auf dem Rastplatz bei Brinkum gefunden und hat mich angerufen.«
»Das gibt es ja gar nicht«, meinte Mathias Sanders und starrte auf den PC auf dem Schreibtisch.
»Sie wird uns auf jeden Fall als Zeugin zur Verfügung stehen«, meinte Guntram. »Ob sie allerdings schon wieder ihren Dienst aufnimmt, weiß ich ehrlich gesagt nicht.«
Die Tür ging auf und Piepwitz kam herein. Er nickte kurz und setzte sich ebenfalls mit an den Schreibtisch. »Katrin ist gleich da«, sagte er nur. »Dann sind ja alle endlich wieder vereint.« Weder Mathias Sanders noch Guntram gingen weiter auf diese Bemerkung ein. Als auch Katrin

Birgner eingetroffen war, setzte man sich mit dem Team der Spurensicherung zusammen. Der Tote war bereits auf dem Weg nach Oldenburg in die Gerichtsmedizin.

»Also Leute, es ist ganz eindeutig, dass wir es hier mit einem Serienkiller zu tun haben«, meinte Guntram und sah wichtig in die Runde. »Piepwitz, hast du denn immer noch keine Hinweise auf Fremdeinwirkung gefunden?«, quengelte er.

»Nein, bisher ist da einfach nichts, was darauf hindeutet. Tut mir leid«, sagte Piepwitz entschuldigend. »Allerdings gibt es natürlich Möglichkeiten, einen natürlichen Tod vorzutäuschen.«

»Welche zum Beispiel?«, fragte Mathias Sanders.

»Na, es gibt bestimmte Gifte, die kaum noch nachweisbar sind, wenn sie erst mal ihre gewünschte Wirkung erzielt haben. Und da wir es mit alten Menschen zu tun haben, könnten da auch durchaus Medikamente im Spiel sein.«

»Und lässt sich so etwas nachweisen?«, fragte Guntram neugierig.

»Schwierig ... aber unmöglich ist das nicht. Dazu muss man allerdings wissen, was genau die Ermordeten eingenommen haben. Es gibt ja auch immer die Möglichkeit von Todesfolge nach ungewünschten Wechselwirkungen von Medikamenten. Wenn der Täter es geschickt angestellt hat, dann werden wir nie erfahren, woran genau die Opfer gestorben sind.«

»Na toll«, entfuhr es Guntram. »Dann müssen wir wohl mal überlegen, wer denn ein Interesse daran haben könnte, alte Menschen um die Ecke zu bringen. Zumal sie ja offensichtlich nicht das geringste miteinander zu tun hatten. Sie waren weder verwandt noch verschwägert, wohnten nicht in der gleichen Stadt und ... ach verdammt ... es ärgert mich einfach, dass wir nicht gleich darauf gekommen sind. Aber sobald der Tote vom Rastplatz identifiziert ist, brauchen wir eine Analyse des Täterprofils. Mathias, traust du dir das zu?«

Erschrocken sah Mathias Sanders auf. »Ich? Also ich weiß nicht ... ich bin nicht als Profiler ausgebildet. Aber klar, ich kann mir schon was zusammenreimen, wenn du das willst.« Er grinste.

»Phantasie hast du bestimmt genug«, maulte Guntram. »Und du, Katrin? Eigentlich bist du doch die Sensibelste hier von uns allen. Wenn einer ein Täterprofil erstellen kann, dann doch wohl du. Bist du wieder dabei in unserem Team?«

Katrin Birgner holte tief Luft. Sie sah von einem zum anderen. »Ich dachte, ich sei vorläufig nur als Zeugin dabei.«

»Vielleicht fällt mir da noch jemand ein«, sagte Mathias Sanders plötzlich. Alle Augen sahen jetzt zu ihm. »Es gibt so einen Typen, der in Emden oder Aurich arbeitet. Er soll so eine Art sechsten Sinn für Täter haben. Vielleicht kann er uns ja unterstützen bei dem Fall.«

»Sechster Sinn für Täter? Tja, den hätte ich auch gerne«, meinte Guntram trocken. »Dann könnte ich zuhause vor dem Fernseher hocken und auf die Eingebung warten und dann losmarschieren zur Festnahme.«

»So war das nicht gemeint«, sagte Mathias Sanders. »Aber der Typ soll schon mehrere Serienmorde aufgeklärt haben.«

»Hat der Typ denn auch einen Namen?«, fragte Guntram.

»Ja, aber im Moment fällt er mir nicht ein ... oder ... ah ja, er heißt Krömer, Jan Krömer.«

»Dann nimm doch einfach mal zu ihm Kontakt auf«, meinte Guntram. »Im Moment können wir wirklich jede Hilfe brauchen. Und Katrin, dich bitte ich, einfach mal darüber nachzudenken, ob du nicht auch schon wieder arbeiten könntest. Und falls nicht, so sei doch bitte als unsere Beraterin dabei, okay?« Guntram sah sie abwartend an.

»Ich denke darüber nach, versprochen«, sagte Katrin Birgner.

Als die Gruppe sich aufgelöst hatte, versuchte es Guntram noch einmal bei Bärbel Weiße. Schon nach dem dritten Klingeln nahm sie ab.

»Hallo, hier spricht Jochen Guntram, ich arbeite bei der Polizei in Leer.«

»Geht es um meinen Vater?«, fragte Bärbel Weiße, ohne weitere Erklärungen abzuwarten.

»Ja richtig«, antwortete Guntram.

»Die Nachbarin hat mich schon darüber informiert. Was hat denn die Polizei damit zu tun?«

Guntram war ein wenig irritiert über diese Art der Unterhaltung. Reagierte man gewöhnlich nicht anders, wenn man gerade den Vater verloren hatte.

»Wir vermuten, dass Ihr Vater keines natürlichen Todes gestorben ist«, sagte Guntram knapp. Wenn sie es so wollte, dann sollte sie es auch so haben.

»Was soll das heißen? Ist er etwa ermordet worden?«

»Das eben wissen wir noch nicht genau. Wann haben Sie denn Ihren Vater das letzte Mal gesehen?«

Bärbel Weiße überlegte einen kurzen Moment. »Das dürfte so drei oder vier Jahre her sein«, sagte sie schließlich.

»Sie sahen sich also nicht so oft?«

»Wenn es sich vermeiden ließ, nicht«, sagte sie.

»Dann werden Sie mir sicher auch nicht bei der Frage weiterhelfen können, wie es ihm gesundheitlich ging, oder?«
»Ehrlich gesagt, das ist ... beziehungsweise ... war mir immer ziemlich egal. Wir hatten kein gutes Verhältnis, mein Erzeuger und ich. Ich kann Ihnen da nicht weiterhelfen, tut mir leid. Haben Sie sonst noch Fragen? Sonst würde ich jetzt gerne auflegen, weil ich noch etwas zu erledigen habe.«
»Nein, schon gut«, sagte Guntram, »wenn noch etwas sein sollte, melde ich mich wieder.« Bevor er sich noch verabschieden konnte, hatte sie bereits aufgelegt.
Er starrte auf den Hörer. Und da sollte sein Vater noch einmal sagen, dass er sich nicht genügend um seine Eltern kümmerte.
Die Tür ging im nächsten Moment auf und Mathias Sanders kam herein.
»Hallo Jochen, ich habe versucht, den Krömer zu erreichen, aber man sagte mir, dass er sich zurzeit auf einer Fortbildung zum Profiler befindet.«
»Hm ... dann müssen wir den Fall eben ohne ihn lösen. Da haben wir doch schon ganz andere Nüsse geknackt, oder?«, meinte Guntram nachdenklich. »Ich habe gerade mit der Tochter von Bernhard Müller telefoniert, aber totale

Fehlanzeige. Sie hat ihn seit Jahren nicht gesehen und interessiert sich nicht die Bohne dafür, dass er tot ist.«

»Tja, so was gibt es«, sagte Mathias Sanders. »Es gibt ja auch kein Gesetz, dass man sich um seine Eltern kümmern müsste.«

»Nein, das sicher nicht, aber ich weiß nicht ... normal ist das doch nicht, oder?«

»Was ist schon normal heutzutage?« Mathias Sanders setzte sich an den Rechner und fing an, etwas in die Tastatur einzutippen.

»Weißt du, ob Katrin noch im Haus ist?«, fragte Guntram.

»Nein, ist sie nicht. Sie hat vor etwa zehn Minuten die Dienststelle verlassen«, antwortete Mathias Sanders. »Was meinst du, kommt sie wieder in den Dienst zurück?«

»Ich weiß es nicht«, antwortete Guntram ehrlicherweise. »Aber wir könnten sie wirklich gut gebrauchen bei den Ermittlungen.«

»Ja, das sicher auch...« Mathias Sanders wandte sich wieder dem Bildschirm zu.

Unschlüssig sah Guntram ihm dabei zu, wie er in Fahndungslisten herumstöberte. Er hatte jetzt Lust auf einen Spaziergang und entschied sich für eine Pause. »Ich bin mal kurz unterwegs«, sagte er zu Mathias Sanders, »in etwa zwei Stunden bin ich wieder da.«

Mathias Sanders nickte, ohne aufzublicken und Guntram lief zu seinem Wagen.
Kurz darauf hatte er Whisky in den Wagen gepackt und fuhr mit ihm Richtung Wasserschutzgebiet. Siglinde war nicht zuhause gewesen und hatte auch keine Notiz hinterlassen. Doch im Moment war es ihm völlig gleichgültig, wo sie war. Seine Gedanken kreisten um Katrin. Er parkte seinen Wagen bei der Kleingartenkolonie, wo er mit ihr vor fast einem Jahr Whisky bei einer Mordermittlung aufgelesen hatte. Die ganze Szene lief wie ein Film vor seinem inneren Auge ab. Es war so viel passiert in der Zwischenzeit.
»Komm Whisky, wir laufen ein bisschen«, sagte Guntram zu dem Hund, der schwanzwedelnd neben ihm hertrottete. Es war keine Menschenseele zu sehen, und das, obwohl das Wetter eigentlich gar nicht so schlecht war. Es hatte zwar einen kurzen warmen Sommerregen gegeben, doch der hatte eher für eine angenehme Luft gesorgt. Als Guntram auf eine Bank zukam, sah er, dass jemand darauf saß und auf den großen See schaute. Es war eine Frau, die eine blaue Jacke trug. Genauso eine, wie Katrin sie hat, dachte er, als er im nächsten Moment erkannte, dass sie es tatsächlich war.
»Katrin?« Erstaunt blieb er vor ihr stehen. »Was machst du hier?«

»Dasselbe könnte ich dich auch fragen«, sagte sie nur, sah ihn kurz an und streichelte Whisky über den Kopf. »Er ist verdammt groß geworden in der Zeit, wo ich nicht da war.« Whisky freute sich und sprang an ihr hoch.
»Er hat dich nicht vergessen, Katrin«, sagte Guntram und setzte sich zu ihr auf die Bank.
Eine Weile blieb es still. Nur die Wellen des Wassers schlugen in leichten Bewegungen an die Böschung. Als Guntram die Ruhe nicht mehr ertrug, fragte er: »Und, was denkst du zu unserer Mordserie?«
»Oh, nun ... um mir da ein Urteil bilden zu können, bin ich wirklich zu wenig informiert«, sagte Katrin Birgner und blickte ihn an. »Aber ich habe nachgedacht, ich werde noch heute bei der zuständigen Stelle anrufen und fragen, ob ich wieder einsteigen kann.«
»Das freut mich Katrin, ehrlich.« Guntram erhob sich und warf für Whisky einen abgebrochenen Ast ins Wasser. Der Hund lief freudig aufs Wasser zu und sprang hinein. »Du weißt ja, dass wir mehrere Tote haben, alle älter und dann mit den Märchenbüchern.«
»... und sie sind ermordet worden, davon geht ihr doch aus.«
»Ja, das tun wir. Allerdings noch ohne Beweise. Aber die alten Menschen waren alleinstehend, vermutlich vereinsamt. Sie hatten offensichtlich nichts miteinander zu

tun. Und trotzdem muss es einen gemeinsamen Nenner geben.«

»Nach dem, was Piepwitz vorhin erläutert hat, könnte es sich doch um Menschen gehandelt haben, die Pflege brauchten, ich meine, wenn sie krank waren zum Beispiel.«

»Ja, das ist ein sehr guter Gedanke Katrin«, Guntram versuchte, dieses Lob möglichst beiläufig klingen zu lassen. Es ärgerte ihn, dass er noch nicht selber darauf gekommen war. Vielleicht war er auch zu sehr mit dem Problem mit seinen Eltern und mit Siglindes Verhalten beschäftigt gewesen. »Im Moment gibt es darauf aber noch keinen konkreten Hinweis. Vielleicht kommen wir weiter, wenn wir endlich wissen, wer dieser Mann war, der Bernhard Müller in Augustfehn öfter besucht hat.«

»War das denn einer vom Pflegedienst?«

»Die Nachbarin hat nichts dergleichen erwähnt. Er sah wohl offensichtlich nicht so aus. Und bei der Dame vom Deich sucht Mathias noch nach Hinweisen.«

»Ihr könntet zum Beispiel die Kontoauszüge der Opfer untersuchen, ob da Zahlungen getätigt wurden an einen Pflegedienst.«

»Mensch, ja. Katrin, du hast uns wirklich gefehlt.« Guntram sah sie dankbar an..

»Wisst ihr denn schon, wer der Tote von der Raststätte war?«
»Nein, bisher nicht. Man hat ihm alles, was zu seiner Identifizierung beitragen könnte, abgenommen, bevor man ihn da abgesetzt hat. Den Rest kennst du ja.«
»Hm ... weißt du, Jochen, ich freue mich, wieder hier zu sein«, sagte Katrin Birgner und lächelte ihn an.
»Ich freue mich auch, dass du wieder da bist. Wie ist es dir denn die letzten Monate ergangen?«
»Darüber möchte ich im Moment nicht so gerne reden, weißt du.«
»Verstehe«, sagte Guntram erleichtert. Im Prinzip hatte er Angst vor der Wahrheit, deren Inhalt er mehr erahnte. »Wenn du aber mal reden möchtest, dann brauchst du nur etwas zu sagen, ich bin für dich da.«
»Das weiß ich doch«, sagte Katrin Birgner erleichtert. »So, ich glaube, du solltest Whisky mal zurückrufen, bevor er völlig aufgeweicht ist.« Sie sahen, wie der Hund zufrieden seine Bahnen zog. Wir sitzen hier wie ein altes Ehepaar, dachte Guntram zufrieden. Für ihn war alles wieder im Lot.
»Whisky, komm raus!«, rief er dem Hund zu, der sich kurz darauf direkt vor ihren Füßen schüttelte.

»Hat sich deine Frau mittlerweile damit abgefunden, dass ihr einen Hund habt?«, fragte Katrin Birgner und knuddelte Whisky.
»Im Prinzip schon ... nur manchmal ärgert er sie noch.«
»Das ist gut, denn so ein Hund braucht ein richtiges Zuhause.« Sie sah Whisky mit feuchten Augen an und Guntram fragte sich, was sie ihm eigentlich damit gesagt hatte. »Komm, lass uns zur Dienststelle fahren, ich brauch ein wenig Ablenkung.«

Siglinde Guntram

Siglinde Guntram erschrak, als sie die Wäsche in den Keller bringen wollte. Ihre rote Bluse lag obenauf. Und sie wusste sicher, dass sie diese ganz unten in der Wäsche verstaut hatte. Spionierte Jochen ihr hinterher? Aber er hatte nichts gesagt. Ob es ihm am Ende egal war, wenn sie ihm etwas verheimlichte? Wundern würde es sie nicht. Heute Nachmittag würde sie sich wieder mit Manfred Wegener in Emden treffen. Sie wollten zusammen in die Kunsthalle gehen und sich die aktuelle Ausstellung ansehen. Jochen hatte sich noch nie für Kultur interessiert. Wenn sie Manfred Wegener mit ihrem Mann verglich, fragte sie sich, ob etwas mit ihr nicht stimmte. Wie konnte man so verschiedene Männer überhaupt unter einen Hut bringen? Sie sah auf ihre Uhr. Gleich war es bereits drei und Jochen war immer noch nicht mit Whisky zurück. Er hatte ihr einen Zettel auf den Tisch gelegt, dass er eine Mittagspause mit dem Hund mache. Was dachte er wohl, wo sie eigentlich war? Wenn sie sich jetzt für das Treffen mit Manfred Wegener zurechtmachte, und Jochen genau in dem Moment wieder nach Hause kam, wäre sie in Erklärungsnot. Nur noch eine Stunde, dann musste sie in Emden sein. Sie konnte es unmöglich schaffen. Verdammt. Sie schnappte sich den Wäschekorb und lief damit nach

unten. Genau in dem Moment wurde der Schlüssel in der Tür herumgedreht und Whisky sprang ihr entgegen.
»Da seid ihr ja«, sagte Siglinde Guntram geistesgegenwärtig. »Ich bringe gerade die Wäsche nach unten.«
»Ist gut«, sagte Guntram, »ich fahr auch gleich wieder los zur Dienststelle. Bis später.« Er hatte sie nur im Vorbeigehen angesehen und nicht einmal danach gefragt, wo sie gewesen sei. Wenn sie sich jetzt beeilte, käme sie nicht allzu spät zu ihrer Verabredung. Sie rannte mit der Wäsche in den Keller und stopfte alles in die Maschine. Dann flitzte sie nach oben ins Schlafzimmer und zog sich um. Mittlerweile hatte sie nicht mehr das Gefühl, dass sie sich für Manfred Wegener besonders schick machen musste, er mochte sie anscheinend, so wie sie war. Sie legte einen Hauch Make-up auf und entschied sich für eine dunkle Hose mit einer olivfarbenen Bluse. Das unterstrich ihre sonnengebräunte Haut besonders gut. In der Küche stellte sie Whisky noch frisches Wasser und etwas zu fressen hin, bevor sie sich in ihren Wagen setzte und zur *Kunsthalle in Emden* fuhr.

Manfred Wegener stand bereits vor dem Eingang, als sie mit leichter Verspätung darauf zulief.
»Es tut mir leid, ich bin etwas zu spät«, sagte sie.

»Auf eine schöne Frau warte ich doch gerne«, lachte Manfred Wegener. Er trug einen hellgrauen Trenchcoat, dessen Grau im Sonnlicht besonders gut mit der Farbe seiner Haare harmonierte. Er sah so intelligent und belesen aus. »Ich habe uns bereits einen Katalog zur Ausstellung besorgt«, sagte er und hielt ihr seinen Arm hin. Womit habe ich bloß diesen Traummann verdient, fragte sich Siglinde Guntram und hakte sich ein. Sie schlenderten durch die Hallen und blieben vor den Gemälden der Alten Meister stehen. Manfred Wegener wusste zu jedem Werk etwas zu erzählen und Siglinde Guntram fühlte sich wie in einen Traum katapultiert, von dem sie hoffte, er würde nie zu Ende gehen. Vergessen die vielen langen Abende, an denen sie vergeblich auf ihren Mann gewartet hatte. Vergessen die vielen Streitereien um Kleinigkeiten, wenn es um die Kinder ging. Und vergessen war die Leere, die sie überkommen hatte, seitdem sie den Tag alleine zuhause verbrachte. Einzig an Whisky dachte sie mit leichter Wehmut. Was würde aus ihm werden, wenn sie jetzt ein neues Leben mit dem Mann, der ihr eine ganz neue Welt offenbarte, beginnen würde? Aber konnte man sein Glück in Frage stellen, nur weil es um einen Hund ging?
»Woran denkst du?«, fragte Manfred Wegener in ihre Tagträumereien hinein.

»Ach, an nichts...«, sagte Siglinde Guntram nur und spürte eine leichte Röte aufsteigen.
»Man denkt nie nur an nichts«, sagte er schmunzelnd. »Irgendwann wirst du es mir sicher erzählen. Wollen wir noch in das *Café Henri`s* gehen, was meinst du?«
»Aber ja, sehr gerne.« Und so schlenderten sie Hand in Hand, als sei es das Natürlichste auf der Welt gemeinsam hinüber. Sie suchten sich einen freien Tisch am Fenster und bestellten sich etwas.
»Es ist so lange her, dass ich das gemacht habe ... einfach mal ins Café gehen und genießen...«, sagte sie und sah ihn aus verträumten Augen an.
»Du solltest es genießen«, sagte Manfred Wegener, »man weiß nie, wie lange die schönen Zeiten anhalten.«
»Das hört sich doch ein wenig melancholisch an«, sagte sie und befürchtete, dass er ihr gleich offenbaren würde, dass er verheiratet sei und sie nie wieder sehen könne. Ängstlich blickte sie zu ihm hinüber.
»Ach nein ... nicht doch. Ich meine das wirklich ernst. Man sollte jeden schönen Augenblick genießen. Das wollte ich nur sagen, mehr auch nicht.«
Na, dann ist ja gut, dachte Siglinde Guntram zufrieden und nahm noch einen Schluck Kaffee. Sie blickte heimlich auf ihre Armbanduhr. Allzu lange konnte sie heute eigentlich nicht mehr bleiben, denn sie wollte noch nach ihren

Schwiegereltern sehen. Sie hatte sie in den letzten Tagen überhaupt nicht mehr besucht und bekam langsam ein schlechtes Gewissen. Doch sie wollte jetzt nicht gehen. Noch nicht.

»Hast du noch etwas vor«, fragte er, als er ihren Blick zur Uhr sah.

»Ich ... also, im Prinzip müsste ich noch bei meinen Schwiegereltern vorbei. Sie brauchen hier und da mal Unterstützung und ich war schon ein paar Tage nicht mehr bei ihnen, weil ... na, du weißt schon.«

»Also wegen mir«, er lachte verschmitzt. »Das kann ich nur zu gut verstehen, aber ich finde, du solltest ruhig zu ihnen gehen. Auch Eltern, oder von mir aus auch Schwiegereltern, leben ja nicht ewig. Ich habe wirklich Verständnis dafür, glaube mir.«

»Du bist wirklich lieb«, sagte sie. »Dann sollte ich mich gleich auf den Weg machen.«

Manfred Wegener rief den Kellner an den Tisch und zahlte. Draußen bei ihrem Wagen nahm er sie noch einmal in den Arm und küsste sie zärtlich und lange auf den Mund. »Nimm dieses Gefühl mit nach Hause und träume heute Nacht von mir«, sagte er, nachdem sie sich getrennt hatten.

»Das werde ich ganz bestimmt«, sagte sie selig. »Sehen wir uns morgen wieder?«

»Ich melde mich bei dir«, sagte er und winkte ihr lange nach, als ihr Wagen sich in Bewegung gesetzt hatte.

Kommissar Guntram

Kommissar Guntram fuhr direkt zur Dienststelle, nachdem er Whisky zuhause abgeliefert hatte. Noch ganz beschwingt von der Unterhaltung mit Katrin hatte er nicht einmal gefragt, wo seine Frau gewesen war, als er den Hund abgeholt hatte.

»Wir wissen immer noch nicht, wer der Tote an der Raststätte war«, sagte Mathias Sanders. »Es ist fast wie verhext. Immer nur alleinstehende alte Menschen, die umgebracht werden.«

»Das ist keine Hexerei, lieber Mathias, das ist der Plan«, mischte sich Katrin Birgner ein, die ebenfalls schon angekommen war.

»Ach ja?«, fragte Mathias Sanders und sah sie offen an. »Dann erzähl mal...«

»Jochen hat mir eben berichtet...«

»Eben?«

»Ja, wir haben uns zufällig im Westerhammrich getroffen, als er mit Whisky unterwegs war ... da gibt es übrigens nichts zu grinsen ... also, es waren alleinstehende alte Menschen, richtig?« Mathis Sanders nickte. »Und wir gehen ja davon aus, dass es sich um eine Mordserie handelt, richtig?« Er nickte wieder. »Okay, dann liegt es doch wohl auf der Hand, was diese Opfer verbinden könnte, oder?«

Mathias Sanders sah sie aus großen Augen an. Dann schüttelte er mit dem Kopf. »Sorry, ich weiß nicht, was du meinst.«

»Sie wurden gepflegt oder brauchten in irgendeiner Form Hilfe oder Unterstützung, denke ich«, sagte Katrin Birgner, »das ist jedenfalls meine Theorie und eigentlich auch einleuchtend. Die meisten alten Menschen kommen alleine nicht mehr zurecht. Und sei es auch nur, dass sie sich das Mittagessen liefern lassen.«

»Ja, da hast du recht«, pflichtete ihr Mathias Sanders bei. Er hatte noch nie ein Problem damit gehabt, wenn anderen eher ein Licht aufging. Seine Rolle als Zuarbeiter erfüllte ihn voll und ganz. Auch wäre es ihm nie in den Sinn gekommen, die Leitung einer solchen Gruppe übernehmen zu wollen oder gar den Posten von Guntram zu beanspruchen. Und auch deshalb war er froh, dass Katrin endlich wieder an Bord war. So konnte alles so gemütlich für ihn weiterlaufen wie bisher.

»Hallo zusammen«, Kommissar Guntram betrat den Raum und setzte sich. »Gibt es was Neues, Mathias?«

»Nein, nichts weiter«, wiederholte Mathias Sanders. »Aber ich finde die Theorie von Katrin wirklich gut. Wir haben wirklich Glück, dass sie wieder da ist.«

»Find ich auch«, sagte Guntram und räusperte sich. »Eigentlich könntest du doch jetzt das Phantombild mit den Angestellten der Pflegedienste vergleichen, Mathias, was meinst du? Und überprüfe auch bitte mal die Kontobewegungen der Opfer, ob da Zahlungen an einen Pflegedienst getätigt wurden.« Glücklich lächelte er Katrin Birgner an.

»Ja, gute Idee. Ich mach mich gleich an die Arbeit.« Mathias Sanders wandte sich dem PC zu. »Ich werde alle Einrichtungen hier in der Gegend abklappern, damit bin ich bestimmt drei Tage beschäftigt.«

»Okay, dann werden Katrin und ich den Rest machen. Was auch immer das sein mag…«, sagte Guntram und nickte ihr zu.

»Ich könnte mit dem Gebissabdruck des Toten an der Raststätte die Zahnarztpraxen aufsuchen«, meinte Katrin Birgner. »Dann dürfte es nur eine Frage der Zeit sein, bis wir wissen, wer er ist.«

»Fein. Gute Idee.« Guntram hatte das Gefühl, dass alles beim Alten war. Er fühlte sich wie in einer Familie, wo jetzt alle wieder zuhause waren. »Ich werde mich dann mal…« Weiter kam er nicht, denn die Tür zum Ermittlungsraum wurde aufgerissen. Ein junger Polizist stürzte herein.

»Ihr müsst sofort kommen«, sagte der junge Mann atemlos, »es hat wieder eine Leiche gegeben.«

»Was?«, rief Guntram, »wo?«

»In den Blocks bei der Evenburgallee«, sagte der junge Beamte, »aber er ist schon länger tot.«
»Wie? Länger tot?«, fragte Guntram.
»Er ist wohl schon ziemlich verwest«, sagte der Polizist. »Nachbarn sind durch den Gestank, der aus der Wohnung drang, aufmerksam geworden. Sie haben den Hausmeister geholt, der die Tür aufgeschlossen hat. Er hat den Toten entdeckt.«
»Er lebte also allein?«
»Ja offensichtlich. Und es gibt auch ein Märchenbuch.«
»Ich werde dahin fahren«, sagte Guntram. »Katrin, du kannst mich gerne begleiten, das mit den Zähnen kann noch einen Moment warten. Ich brauche deine Meinung.«
»Okay«, sagte sie und beide liefen zum Wagen.

Nach rund zehn Minuten waren sie bei dem Wohnblock angekommen. Es handelte sich um eine berüchtigte Wohngegend, in der man lieber keine Fragen stellte. Insofern wunderte es Guntram nicht, dass der Tote erst jetzt entdeckt worden war. Hier scherte sich keiner um den anderen. Jeder wollte seine Ruhe haben.
»Boah, das stinkt bestialisch«, sagte Katrin Birgner und hielt sich ein Taschentuch vor die Nase.
Gemeinsam gingen sie in die Wohnung und sahen den Toten in seinem Sessel sitzen. Der Fernseher lief, doch das

Programm konnten sie nicht erkennen, denn der Bildschirm war mit Fäkalien beschmutzt.

»Das ist ja widerlich, wer macht so etwas?« Katrin Birgner lief vorsichtig zu dem Toten. »Der ist bestimmt schon über eine Woche tot, und keiner merkt was. Da muss doch auch der Briefkasten übergelaufen sein.«

»Wenn er denn Post gekriegt hat«, meinte Guntram und musste husten. »Aber die Sonntagsblätter kriegt ja jeder, und wenn die nicht rausgenommen werden, das muss doch jemand merken. Aber es hat wahrscheinlich niemanden interessiert. Auf jeden Fall passt er gut in unsere Mordserie, wenn du mich fragst. Wo bleibt denn Piepwitz?«

»Er kommt sicher gleich«, sagte Katrin Birgner und machte ein Fenster sperrangelweit auf. Dann lief sie zu der alten Wohnzimmerwand und sah sich den Nippes, der dort verstaubte, an. »Mein Gott, was ist das nur für ein Zeugs ... und dann die dicke Staubschicht. Der Mann lebte sicher schon seit Jahren alleine.«

»So ähnlich würde es bei mir sicher auch aussehen«, sagte Guntram mehr zu sich selbst. Er sah sich den Rest der Wohnung an und kam zu dem gleichen Schluss wie seine Kollegin. »Ein ganz armes Schwein, wenn du mich fragst.«

»Der Froschkönig«, sagte Katrin Birgner und zeigte auf das Märchenbuch, das aufgeschlagen auf dem Wohnzimmertisch lag.
»Tja ... mich wundert nichts mehr. Das muss ein verdammt krankes Hirn sein, dass sich so etwas ausdenkt.«
»Warum diese Märchen? Was denkst du?«
»Keine Ahnung. Ich konnte mit Märchen noch nie so viel anfangen. Vielleicht will er uns damit etwas sagen. Oder er hat einfach ein Faible dafür und führt uns damit in die Irre.«
»Er heißt Enno Peters«, sagte Katrin Birgner, »hier liegt ein alter Brief im Schrank. Es ist eine Rechnung einer Haftpflichtversicherung.«
»Wir sollten mit den Nachbarn sprechen. Übernimmst du das?«
»Ja, okay.« Katrin Birgner lief auf den Flur, wo ihr Piepwitz auf der Treppe entgegenkam.
»Das stinkt ja gewaltig«, sagte Piepwitz und verzog das Gesicht. Dann lief er in die Wohnung.
»Du bist ja einiges gewöhnt«, rief Katrin Birgner ihm nach und klingelte an der Wohnung gegenüber. Sie spürte genau, dass jemand sie durch den Spion beobachtete, doch die Tür blieb verschlossen. In solchen Wohnblöcken wollte oft keiner etwas mit den Problemen des anderen zu tun haben. Aber sie war sich sicher, dass dieser Mensch hinter

dieser Tür mehr wusste, schließlich wohnte er direkt gegenüber. Auf dem Türschild stand D. Lindner. Das konnte sowohl eine Frau als auch ein Mann sein. Sie klingelte erneut. Die Tür blieb weiterhin verschlossen.

»Ich weiß, dass sie hinter der Tür stehen«, rief Katrin Birgner schließlich, »bitte machen Sie auf. Ich bin von der Polizei und müsste Sie zu Ihrem Nachbarn von gegenüber befragen.« Sie horchte. Etwas wurde in der Wohnung hin und her geschoben. Dann drehte sich der Schlüssel um. Doch anstatt dass die Tür aufging, hatte der oder die Bewohner wohl auch noch abgeschlossen. »Ich fasse es nicht«, murmelte Katrin Birgner. »Wo leben wir hier eigentlich?« Unverrichteter Dinge ging sie ein Stockwerk tiefer und hoffte, dass sie dort auf mehr Entgegenkommen stieß. Die Wohnung direkt unter der von Enno Peters wurde aufgemacht. Vor ihr stand ein kleiner Junge mit rotem Haar und starrte sie ängstlich und wortlos an.

»Hallo, ich bin Katrin von der Polizei. Ich müsste mal deine Mama sprechen. Ist sie zuhause?« Der Junge schüttelte nur seinen Kopf.

»Und der Papa?« Wieder nur ein Kopfschütteln.

»Bist du alleine zuhause?«, fragte Katrin Birgner und kannte die Antwort schon. Der Junge war allerhöchstens sechs Jahre alt und anscheinend mutterseelenallein in der Wohnung. Durch den Spalt, den die Tür geöffnet war,

konnte sie eine Ablage erkennen, auf der sich alte Zeitungen und anderer Unrat stapelten. Zig Paar Schuhe lagen verstreut in der Gegend. Doch der Junge war barfuß. Er trug eine viel zu kurze Jeanshose und ein T-Shirt, das bestimmt einmal dunkelblau gewesen war.
Der Junge sah sie weiterhin stumm an. Ob er vielleicht gar nicht sprechen konnte? »Wann kommt denn deine Mama nach Hause?« Die schmalen Schultern des Kindes hoben und senkten sich. Was für ein Kinderschicksal dachte Katrin Birgner und es wurde ihr ganz schwer ums Herz. Sie hatte es noch nie ertragen können, wenn Kindern übel mitgespielt wurde. »Dann geh bitte wieder rein und schließ schön ab, ja?« Die Tür ging zu und sie hörte, wie der Schlüssel im Schloss herumgedreht wurde. Sie drehte sich um und klingelte auch bei der Wohnung gegenüber. Die Tür ging sofort auf und vor ihr stand ein kleiner feister Mann, der nur ein Unterhemd und eine Jogginghose trug.
»Was gibt's?«, fragte er und sah sie misstrauisch an.
»Ich bin Katrin Birgner von der Polizei in Leer. Ihr Nachbar ein Stockwerk über Ihnen ist tot.«
»Und?«
»Wir versuchen, etwas mehr über ihn zu erfahren. Kannten Sie ihn vielleicht?«
»Wen? Es wohnen mehrere über mir.«
»Es geht um Enno Peters.«

»Den kenn ich nicht. Ich will damit nichts zu tun haben.« Der Mann schlug ihr die Tür vor der Nase zu.

Katrin Birgner war jetzt klar, wie es dazu kommen konnte, dass Enno Peters Tod so lange unbemerkt geblieben war. Resigniert ging sie wieder zu ihren Kollegen.

»Fehlanzeige auf ganzer Linie, die wollen einfach nichts mit der Sache zu tun haben.« Sie sah, wie Guntram sich an dem Wohnzimmerschrank zu schaffen machte und sämtliche Schubladen und Türen aufriss. »Suchst du etwas Bestimmtes?«

»Nein ... oder vielleicht auch doch. Irgendeinen Hinweis auf Verwandte oder so«, sagte er und versuchte, ein altes Kaubonbon, in das er gegriffen hatte, wieder vom Finger zu bekommen.

»Ich wette eins zu hundert, dass wir da nicht viel rauskriegen werden«, sagte Katrin Birgner. »Es passt doch alles zu gut ins Bild, ein einsamer alter Mann, dessen Leben nichts mehr wert war ... so scheint es doch wohl unser Täter zu sehen.«

»Hm ... vielleicht fand der Mörder auch, dass es nicht lebenswert war, wenn du verstehst, was ich meine.«

»Ja, ein guter Gedanke. Er sollte sich vielleicht nicht mehr so quälen, nicht mehr so alleine sein.« Bei den letzten Worten schluckte sie und Guntram sah sie neugierig an.

»Das nimmt dich ganz schön mit, stimmt's?«, fragte er und fummelte noch immer an dem verklebten Bonbonpapier herum, bis er es schließlich einfach am Schrank abstrich, wo es frei schwebend hängenblieb.
Katrin Birgner nickte. »Vielleicht bin ich noch nicht so weit.« Um weiteren Fragen aus dem Weg zu gehen, lief sie ins Schlafzimmer des Opfers. Es war klein, höchstens zwölf Quadratmeter groß und an der Wand unter dem Fenster stand ein kleines ... ja, es sah wie ein Kinderbett aus. Das Oberbett war zurückgeschlagen und die Matratze zeigte eine tiefe durchgelegene Kuhle. Vor dem Fenster hing eine Gardine, die sicher einmal weiß gewesen war. Unter dem Bett stand eine Schüssel, die Enno Peters sicher für Notfälle gebraucht hatte, dachte Katrin Birgner und sah lieber nicht hinein. Auf dem kleinen Tisch, der neben dem Bett stand, lag eine Herrenarmbanduhr, dessen Zifferblatt dunkelgelb unter dem dicken Glas hindurchschien. Das schwarze Lederband war abgegriffen, die Uhr war alt. Aber sicher nicht wertvoll. In einem Wasserglas schwamm eine kleine fettige Schicht, wahrscheinlich hatte Enno Peters dritte Zähne. Es wurde ihr übel. Schnell lief sie zum Fenster, zog die steife Gardine zur Seite und riss das Fenster auf. Sie war doch sonst nicht so empfindlich, dachte sie und holte tief Luft. Von hier aus konnte sie die Evenburgallee sehen und entdeckte Spaziergänger mit

ihren Hunden. Sicher hatten die keine Ahnung davon, was sich hier in den Wohnblocks abspielte. Und es interessierte auch niemanden. Bis auf den Täter. Er war hier vielleicht ein- und ausgegangen. Aber warum? Wenn sie doch nur etwas aus den Nachbarn herausbekommen hätte. Dann wüsste sie jetzt, ob Enno Peters gepflegt oder anderweitig versorgt wurde. Es nützte nichts, sie musste es noch einmal bei der Wohnung gegenüber versuchen. Sie holte tief Luft und lief wieder in den Flur. Sie drückte erneut auf die Klingel. Es tat sich nichts.

»Hören Sie!«, rief Katrin Birgner verärgert, »ich weiß sehr genau, dass Sie zuhause sind. Wenn Sie nicht sofort aufmachen, dann werde ich meine Kollegen rufen, die dann die Tür aufbrechen.« Das war natürlich nur heiße Luft, doch bei alten Menschen bewirkte eine derartige kleine Drohung vom Gesetzeshüter noch etwas. Und tatsächlich, nach ein paar Sekunden wurde der Schlüssel in der Tür herumgedreht. Katrin Birgner erschrak. Vor ihr stand eine junge Frau, die völlig heruntergekommen aussah. Lange strähnige fettige Haare, kaum etwas an, nur einen alten gestreiften Bademantel um sich geschlungen stand sie da und starrte sie, eine Zigarette im Mundwinkel, an.

»Was soll der Scheiß?«, zischte sie zwischen den Zähnen hervor.

»Ich muss Sie zu Ihrem Nachbarn befragen, Enno Peters.«
»Na, dann los. Aber ich weiß nichts.«
»Kann ich reinkommen?«, fragte Katrin Birgner, obwohl sie bei diesem Anblick wirklich lieber draußen geblieben wäre.
»Von mir aus«, sagte die Frau und schlurfte voraus in die Küche. »Da.« Sie zeigte auf einen kargen Stuhl, dem eine Armlehne fehlte. Katrin Birgner setzte sich nicht.
»Ihr Nachbar Enno Peters ist tot. Wissen Sie etwas darüber?«
»Ne. Sonst noch was?«
»Kannten Sie ihn, haben Sie sich mit ihm unterhalten?«
»Manchmal. Man trifft sich ja im Flur, lässt sich ja nicht vermeiden.«
»Und? Waren Sie auch ab und zu in seiner Wohnung?«
»Paarmal vielleicht...«
»Was haben Sie dort gemacht.«
»Ich hab's ihm besorgt.«
»Sie gehen also auf den Strich?«
»Manchmal. Irgend wovon muss man ja leben.«
Katrin Birgner wusste jetzt, was sie erfahren wollte. Wenn man Fingerabdrücke der Frau fand, und davon ging sie aus, dann wusste sie, warum. »Haben Sie denn beobachtet, dass noch andere Besucher bei Enno Peters waren?«

»Manchmal. Man kriegt ja nicht alles mit, was Nachbarn so treiben.«

»Und wen haben Sie da gesehen?«

»Einen Mann. Kam einmal die Woche. Sonst weiß ich bar nichts.«

Katrin Birgner zog das Phantombild, das Mathias Sanders durch die Zeugin aus Augustfehn hatte anfertigen lassen, aus der Jackentasche. »Könnte es dieser Mann gewesen sein?«

»Ja, das ist er wohl, glaub ich.« Sie hatte ihren linken Zeigefinger in die Nase gesteckt und bohrte darin, als sie das Bild betrachtete.

»Gut danke, Sie haben uns wirklich sehr geholfen.« Katrin Birgner beeilte sich, aus der Wohnung zu kommen.

In der Wohnung des Opfers war Guntram mit dem Gröbsten fertig.

»Ich habe die Frau von gegenüber befragt«, sagte Katrin Birgner, als sie ihn im Badezimmer antraf. »Sie hat den Mann auf dem Phantombild identifiziert. Er war hier.«

»Mensch, klasse Katrin«, sagte Guntram. »Komm, lass uns hier rausgehen, langsam schlägt mir der Altherrenduft wirklich aufs Gemüt. Er zeigte auf eine Flasche Aftershave, die sie an ihre Kindheit erinnerte.

»Am besten fahren wir wieder zur Dienststelle«, meinte Katrin Birgner und sie gingen gemeinsam zum Wagen. Piepwitz hatte zugesagt, in Kürze nachzukommen.

Böse Träume

Und noch ein Kopf. Der kleine Schnabel klappte noch ein paarmal auf und zu. Dann hörten die mechanischen Zuckungen auf. Das glasige Auge spiegelte den Tod. Der Körper, kopflos, rannte noch ein paar Runden im Gras, bis er leblos neben den vielen anderen toten enthaupteten Tieren umfiel und liegenblieb.

Schweißgebadet wachte er aus diesem Traum auf. Es war nicht das erste Mal. Sein Herz zog sich zusammen. Im Schlaf bekam er dann immer keine Luft mehr und schrak hoch. Würden diese Träume aus seiner Kindheit jemals aufhören? Er wusste nur zu gut, dass es nie enden konnte. Zu tief saßen diese Bilder fest. Sein Vater war ein Mann gewesen, der nichts dem Zufall überließ.

Als eines Tages ein vom langen Fliegen müde gewordenes Taubenpärchen auf dem Dach seines Elternhauses gelandet war, war die Leidenschaft seines Vaters für diesen Sport geweckt. In nicht einmal drei Wochen stand ein Käfig mit zwölf Verschlägen fix und fertig hinter dem Haus in Schirum bei Aurich. Als kleiner Junge hatte er natürlich seine Freude daran gehabt, er mochte Tiere. Seine kleine Katze, die er von einem Schulfreund mit nach Hause gebracht hatte, war ja nicht lange bei ihm geblieben. Es hieß damals, sie sei wohl überfahren worden. Die

Bedeutung der Schaufel, die er am nächsten Tag im Garten an einen Baum gelehnt fand, hatte er erst viele Jahre später erkannt. Lange Nächte hatte er dem Tier nachgeweint und sich nie wieder eine Katze gewünscht. Verlust tat weh, das hatte er früh gelernt.

Bei Tauben schien es anders. Sie liefen oben in den Lüften wohl kaum Gefahr, von einem Wagen erfasst zu werden. Allerdings waren sie nicht zum Streicheln gedacht. Und doch hatte er es in nicht einmal vier Wochen geschafft, dass die Erste sich auf seiner kleinen Kinderhand niederließ, in der er ein paar Brotkrumen als Lockmittel hielt. Die sind nicht zum Streicheln da, hatte sein Vater gemahnt, ließ ihn aber gewähren. Drei Tage später rannte dieselbe Taube ohne Kopf ihre letzten Meter um ihr Leben hinter dem Haus. Er war etwas eher von der Schule nach Hause gekommen und direkt in dieses Szenario hineingelaufen. Er hatte sie sofort an ihrem blauschillernden Kopf erkannt, der zuckend auf dem Gullideckel lag. Eine kleine dunkelrote Blutlache lag wie ein Kragen davor. Er schaffte es nicht einmal zu weinen, so schwer wurde ihm ums Herz. Der Schock. Was hatte sein Vater da getan? Sie war einfach zu zutraulich, hieß es später zur Erklärung zwei Tage später am Mittagstisch, als dieselbe Taube verspeist werden sollte. Das dunkelgraue Fleisch hatte noch die Form des Vogels und er hätte sich am liebsten auf der Stelle übergeben. Er musste sie essen, und dabei war sie doch sein Freund gewesen. Da er wusste, was ihm blühte, setzte er sich gegen dieses Mahl zur Wehr, schaltete er sein Herz und seinen Verstand aus. Darin war er geübt. Er führte sich in solchen schwer erträglichen Momenten immer die Figuren aus seinem Lieblingsbuch vor Augen. Einmal waren es Hänsel und Gretel, die durch ein hell erleuchtetes Fenster sahen, dann das tapfere Schneiderlein, wie es heftig an einem Faden zog oder auch das Rotkäppchen, das vor dem bösen Wolf zitterte. Als er aufgegessen hatte und vom Tisch aufstehen durfte, war er ins Bad gerannt und hatte sich bitter erbrochen. In seinem Zimmer weinte er stundenlang. Immer wieder wischte er sich die Tränen mit seinem kratzenden Pulloverärmel aus dem Gesicht und las von der Prinzessin, die so empfindsam war, dass sie eine Erbse durch eine dicke Matratze spüren konnte.

Da es ihm als Kind nicht möglich war, den psychischen Torturen zu entrinnen, schloss er sich immer öfter in sein Zimmer ein und nahm sich sein Märchenbuch. Stundenlang konnte er darin versinken, sich eine bessere und schönere Welt erträumen.

Kommissar Guntram

»Katrin, wir müssen uns aber irgendwann einmal alleine unterhalten, findest du nicht?« Guntram hatte seinen ganzen Mut zusammengenommen und ihr während der Fahrt zurück zur Polizeidienststelle diese Frage gestellt, bevor sie auf den Parkplatz fuhren.

Lange hatte sie weiter geschwiegen und sich an der Spierkreuzung den überfüllten Parkplatz bei McDonalds angesehen. »Vielleicht hast du recht«, murmelte sie, als Guntram wieder grün hatte.

»Ich mache mir einfach Sorgen um dich, weißt du? Schließlich bin ich dafür verantwortlich, dass du jetzt schon wieder im Dienst bist. Vielleicht hättest du doch noch ein wenig Ruhe gebraucht nach allem...« Er fuhr Richtung Bremer Straße, wo sie vor der geschlossenen Bahnschranke aufgehalten wurden.

»So einfach sind die Dinge nicht, Jochen. Es reicht nicht, wenn ich noch mehr Zeit vergehen lasse, ich muss etwas unternehmen. Und arbeiten ist vielleicht gar nicht das Schlechteste.«

Beide starrten auf die vielen Radfahrer, die sich vor der Schranke sammelten. »Eigentlich ist die Schranke immer zu, wenn ich hier vorbeikomme«, sagte Guntram mehr zu sich selbst.

»Wie läuft es denn mit dir und deiner Frau?«, fragte Katrin Birgner unvermittelt.
»Ach, geht so...«, sagte Guntram und war froh, als die Schranken wieder aufgingen.
»Da hast du aber Glück gehabt«, lachte Katrin Birgner, »denn du redest wohl genauso gerne über dich selbst wie ich auch.« Sie knuffte ihn in den Arm und er hätte alles gegeben für das gute Gefühl, hier für immer so unbeschwert neben ihr sitzen zu können. Zu lachen und zu reden. Kurz darauf stellte er den Wagen auf dem Parkplatz der Dienststelle ab und sie gingen hinein.
Mathias Sanders erwartete sie bereits im Ermittlungsraum. Guntram hatte ihn von unterwegs aus angerufen und über die aktuelle Lage informiert.
»Hast du etwas bei den Pflegediensten erreicht?«, fragte er ihn ohne Umschweife.
»Kann sein«, sagte Mathias Sanders. »Ich bin da einem Mann auf der Spur, der zumindest bei der Dame vom Deich im Einsatz war. Auf ihn passt im Groben die Beschreibung der Zeugin aus Augustfehn.«
»Ach ja? Und wer ist das?«
»Es handelt sich um einen gewissen Jens Drewes, der als Pfleger bei dem Pflegedienst *Wolkenheim* beschäftigt ist.«
»Hatte er denn auch Kontakt zu unseren anderen Opfern?«

»Da bin ich noch dran...«
»Und Verwandte gibt es immer noch nicht?«, fragte Guntram ungeduldig.
»Totale Fehlanzeige, es gibt sicher nicht mal eine Kirchenmaus, die so einsam war wie unsere Dame vom Deich. Und sie war nie verheiratet, was uns jetzt mit dem Märchen *vom Fischer und seine Frau* auch ziemlich im Regen stehen lässt. Aber ich bleibe natürlich dran.«
»Wie kommt ihr eigentlich darauf, dass es bei den Märchen einen direkten Zusammenhang geben muss?«, mischte sich Katrin Birgner ein.
»Liegt das denn nicht auf der Hand, wenn es ein Serienmörder ist?«, fragte Guntram ungläubig.
»Das könnte so sein, muss es aber nicht«, sagte Katrin Birgner. »Die Märchen könnten doch auch nur mit dem Täter in Zusammenhang stehen. Vielleicht bedeuten sie nur ihm etwas.«
»Tja, könnte so sein...«, murmelte Guntram. »Aber so ganz verstehe ich noch nicht, was du meinst. Aber ich bin ja auch kein Profiler.«
»Das bin ich auch nicht, aber meine weibliche Intuition verhilft mir oft zu klaren Gedanken.« Sie lachte.
»Hoffentlich kommt Piepwitz bald«, sagte Guntram und rückte sich einen Stuhl am Schreibtisch zurecht. »Irgendwie werden wir das Rätsel nur lösen können, wenn

wir endlich den gemeinsamen Nenner für diese alten Leute gefunden haben. Irgendjemand kannte sie alle und hat einen Grund gefunden, sie zu töten. Und seien wir doch mal ehrlich, wenn jemand ein Märchenbuch bei seinen Opfern ablegt, dann kann er uns etwas damit sagen wollen, oder er hat einfach nur eine Meise.«

»Damit könnte ich mich auch am ehesten anfreunden«, meinte Mathias Sanders, »mir liegt diese Motivdeuterei auch nicht so. Der Mörder hat getötet und das ist nun mal nicht erlaubt. Punkt. Warum der das macht, will ich eigentlich gar nicht wissen.«

»Darum geht es ja auch nicht«, fuhr Katrin Birgner dazwischen. »Wir sollen ja nicht verstehen können, warum er das tut, sondern wir sollten idealerweise mit einem Täterprofil besser in der Lage sein, ihn zu finden. Aber ich sehe schon, hier beiße ich wie immer auf Granit.«

Bevor sie weiter ins Detail gehen konnten, ging die Tür auf und Piepwitz kam herein.

»Na Piepwitz, was meinst du? Hatte der Täter einen triftigen Grund, all diese älteren Menschen um die Ecke zu bringen?«, fragte Guntram.

Piepwitz stutzte für einen Moment, dann sagte er: »Meine Mutter hat früher auch immer einen Grund gefunden, mir eine Backpfeife zu geben, also insofern...« Er setzte sich mit an den Schreibtisch.

»Na ja, war auch mehr eine grundsätzliche Frage«, brummte Guntram. »Gehe ich zu weit, wenn ich jetzt nach der Todesursache von Enno Peters frage?«
»Oh, keineswegs«, sagte er und alle sahen ihn neugierig an. »Es war das langweilige Fernsehprogramm«, Piepwitz kicherte. »Aber mal im ernst, interessant war, was der Täter an den Bildschirm geschmiert hat. Es waren keine menschlichen Absonderungen, wie wir am Anfang dachten, sondern es ist ein tierisches Exkrement. Ich würde auf Vogelscheiße tippen.«
»Aha ... komisch«, sagte Guntram, »Vielleicht hat der Täter eine Voliere mit Wellensittichen. Und was jetzt? Ich fühle mich irgendwie wie gelähmt bei diesem Fall. Es gibt keine wirkliche Richtung, in die wir laufen könnten. Es sind alte Menschen, keiner vermisst sie. Und sie werden nicht einmal ausgeraubt, verdammt. Dann hätten wir wenigstens einen Anhaltspunkt.«
»Rätselraten hat ja noch nie wirklich bei der Aufklärung geholfen«, meinte Piepwitz. »Auch wenn ich noch keinen konkreten Hinweis habe, aber ich bin mir sicher, dass sie ermordet wurden. Meine Theorie ist ja so ein verstecktes Gift, das sich nicht nachweisen lässt. Und deshalb ist die Idee von Mathias, dass wir einen Profiler bräuchten, auch gar nicht so schlecht. Seien wir doch mal ehrlich, Jochen,

wir sammeln eine Leiche nach der anderen ein und kommen nicht weiter.«

»Na toll, das habe ich jetzt zur Erbauung auch noch gebraucht.« Guntram bohrte mit dem Kugelschreiber in seinem Ohr herum. »Sag doch gleich, dass du mich für den letzten Deppen hältst.« Er zog den Kugelschreiber aus dem Ohr und steckte ihn sich in den Mund.

»Ich muss kotzen.« Mehr brachte Katrin Birgner nicht heraus und rannte mit vor den Mund gepresster Hand aus dem Büro direkt zur Toilette.

»Wie schön, dass wir wieder eine Frau im Team haben«, kicherte Piepwitz. »So kommen wieder Emotionen ins Spiel. So ihr Lieben, ich werde mich dann mal wieder vom Acker machen. Enno Peters hat sicher schon an meine Tür geklingelt.« Damit stand er auf und verließ ebenfalls den Raum.

»Weißt du, was mit Katrin ist?«, fragte Mathias Sanders.

»Ehrlich gesagt nicht«, antwortete Guntram. »Vielleicht habe ich sie einfach zu früh wieder eingesetzt. Was meinst du?«

»Sie ist erwachsen«, sagte Mathias Sanders nur. »Außerdem wollte sie gerne wieder arbeiten, oder?«

»Ja schon...«

Die Tür ging wieder auf und Katrin Birgner kehrte kreidebleich zurück.
»Willst du lieber Schluss machen für heute?«, fragte Guntram mitfühlend.
»Ich glaube wohl«, sagte Katrin Birgner und wischte sich mit der Hand übers Gesicht. »Irgendwie war mir plötzlich so übel. Ich weiß gar nicht, warum.«
»Geh ruhig und ruhe dich ein bisschen aus. Ich melde mich, wenn etwas anliegt.«

Als Katrin Birgner gegangen war, ging Guntram in sein Büro. Eigentlich konnte er sich auf nichts mehr wirklich konzentrieren. Überall nur noch persönliche Baustellen. Seine Eltern, seine Frau und jetzt war auch wieder Katrin mit im Boot. Langsam fühlte er sich wie in einer Art Dauertherapie. Es war nur die Frage, wer hier Therapeut und wer Patient war. Er griff zur untersten Schublade und zog seinen Whiskyvorrat heraus. Doch bevor er die kleine Flasche ansetzte, machte irgendetwas in ihm Klick, und er ließ sie wieder in die Schublade zurückfallen. Was er bei diesem Drama am wenigsten brauchen konnte, war ein vernebeltes Gehirn. Er entschloss sich, noch ein wenig in den Akten der Todesopfer zu blättern. Fast hätte er über allem doch tatsächlich seinen eigentlichen Job vergessen. Er fragte sich, wann man wohl den nächsten Toten finden würde, sowas war ja bei Serientätern immer nur eine Frage der Zeit. Und in dem Tempo, wie sie zurzeit serviert wurden, hatten sie sicher nicht sehr viel davon.

Nach einer halben Stunde ertrug er die Ruhe in seinem Büro einfach nicht mehr. Er lief noch einmal zu Mathias Sanders hinüber.

»Und? Hast du schon mehr zu diesem Pfleger rausgefunden? Hatte er noch weitere Beziehungen zu unseren anderen Opfern?«

Mathias Sanders schüttelte den Kopf. »Immer noch Fehlanzeige. Aber so einfach ist das wirklich nicht. In der Pflegebranche gibt es eine unglaubliche Fluktuation bei den Mitarbeitern. Oft sind es auch nur Aushilfskräfte oder sogar nur Kunden vom Arbeitsamt, die irgendeine Fortbildung oder Schulungsmaßnahme machen. Es ist schon erschütternd, wen man da alles auf alte Menschen loslässt.«

Guntram sah ihn nachdenklich an. »Das ist alles sehr interessant, was du da sagst. Bei dieser Arbeitssituation entwickelt sich sicher eine Menge Frustpotential bei den Pflegern. Und wer weiß, vielleicht wird man so dann auch irgendwann zum Mörder.«

»Pah, was sollen wir denn sagen…«, Mathias Sanders kratzte sich am Kopf. »Wenn Frust schon ausreichen würde, um andern eins über den Schädel zu ziehen, dann hätten wir ein echtes demographisches Problem.«

»Ja, Frust alleine reicht wohl nicht aus. Und doch habe ich das Gefühl, dass bei unserem Täter eine Menge Frustration dazugehört. Wenn er sich schon die Mühe macht, am Tatort auch noch Hinweise zu platzieren, dann steckt mehr als nur mörderische Energie dahinter.«

»Auf alle Fälle«, pflichtete ihm Mathias Sanders bei. »Und Märchen sind ja auch irgendwie etwas sehr Sensibles...«

»Sensibles?«

»Das finde ich auf jeden Fall«, fuhr Mathias Sanders fort. »Guck mal, wenn jemand so richtig brutal und schräg drauf ist, dann guckt er Action- oder Horrorfilme. Frauen tendieren ja meistens zu irgendwelchen Liebesschnulzen...« Er machte eine wegwischende Handbewegung. »Aber wenn jemand auf Märchen steht, dann ist er irgendwie ... tja, ich weiß gar nicht, wie ich das nennen soll, aber dann scheint er mir auf gewisse Weise nicht erwachsen zu sein.«

»Aha, wer also keine Actionfilme guckt, ist noch in der Kindheit, oder wie?«

»Verkürzt übersetzt ist das vielleicht so. Nein, aber was ich eigentlich meine ist, dass es sich um eine verletzte Kinderseele handeln könnte.«

Guntram fehlten schier die Worte. Hatte sein sonst so oberflächlich erscheinender Kollege, dem er manchmal am liebsten den Hals umdrehen würde, tatsächlich mal einen interessanten Gedanken gehabt? »Mein Gott, du könntest recht haben«, murmelte Guntram. »Doch was hilfst uns das jetzt weiter? Sollen wir alle Wohnungen von Pflegern durchsuchen und nach Märchenbüchern und Filmen mit Pippi Langstrumpf fahnden?«

»Vielleicht reicht es ja, wenn ich mal diesen Jens Drewes zum Verhör bitte«, sagte Mathias Sanders, dem die geschwollene Brust ob des indirekten Lobes seines Chefs fast die Sicht nahm.

»Ja, mach das«, sagte Guntram knapp und verzog sich wieder.

Der Pfleger

Es wurde Sturm an der Tür geläutet. Jens Drewes hatte das zunächst jedoch nicht registriert und stattdessen von Kirchenglocken geträumt. Seine Frühschicht war erst vor einer Stunde zu Ende gewesen und er war danach todmüde ins Bett gefallen. Er wusste selber nicht, warum er in letzter Zeit keine Lust mehr hatte, nach seiner Arbeit noch etwas anderes zu tun als schlafen. Vielleicht lag es am Wetter. Er war noch nie ein Freund vom Sommer gewesen und dazu quälte ihn zu dieser Jahreszeit auch seine Allergie, die er schon als Kind entwickelt hatte und die ihm einen quälenden Juckreiz bescherte, wenn er schwitzte.

Als er endlich zu sich kam, hoffte er, der Besucher würde endlich Ruhe geben. Doch stattdessen wurde jetzt auch noch gegen die Tür getrommelt. Wer war das bloß? Mühevoll zog er sich aus dem Bett und warf sich seinen Morgenmantel über. Dann öffnete er die Tür.

»Mathias Sanders mein Name, ich komme von der Polizei in Leer, darf ich kurz reinkommen?« Er hielt Jens Drewes seinen Dienstausweis hin.

»Und worum geht es?«, fragte Jens Drewes und wuselte sich mit der Hand durchs Haar.

»Sie kannten Lieselotte Winter?«

»Ja, kann sein ... der Name sagt mir irgendwas, aber im Moment...«

»Es war eine alte Dame, die sie über den Pflegedienst, für den Sie arbeiten, betreut haben. Sie wohnte in der Evenburgallee. Na klingelt's?«
»Ah, ja ... aber wieso reden Sie in der Vergangenheitsform von ihr?« Jens Drewes sah ihn misstrauisch an. »Ist sie etwa tot?«
»Allerdings«, entgegnete Mathias Sanders. »Könnte ich vielleicht mal reinkommen, oder wollen wir das Thema auch noch mit ihren Nachbarn besprechen.«
Jens Drewes nickte ihm zu und lief voraus in die Küche. »Soll ich einen Kaffee machen?«
»Nein danke. Für mich nicht.«
»Aber ich brauche jetzt einen, wissen Sie. Ich bin nämlich erst vor einer Stunde ins Bett gekrochen, nachdem ich von der Frühschicht nach Hause gekommen war.« Er machte die Maschine fertig, die kurz darauf zu blubbern begann. Dann setzte er sich mit an den Tisch. »Ja ... ja, ich kannte Frau Winter. Sie war eine einsame alte Frau, aber nicht ohne Stolz«, sagte er. »Was ist denn mit ihr passiert?«
Mathias Sanders ließ seinen Blick durch die Wohnung schweifen. Es schien eine übliche Singlewohnung zu sein, wo jedes Teil einen Zweck erfüllte. Jens Drewes schenkte sich Kaffee ein.
»Sie ist ermordet worden.« Gespannt erwartete Mathias Sanders eine verräterische Reaktion. Stattdessen sah er,

dass Jens Drewes in aller Ruhe fünf Stücke Zucker in seinen Kaffee gleiten ließ und noch einen guten Schluck Milch oben drauf kippte und in aller Seelenruhe darin rührte.

»Das ist ja ein Ding«, sagte er schließlich und schlürfte seinen Kaffee.

»Sonderlich überrascht scheinen Sie ja nicht zu sein«, stellte Mathias Sanders fest. »Wann haben Sie Frau Winter denn zum letzten Mal gesehen?«

»Ach du liebe Güte«, sagte Jens Drewes. »Da muss ich erst mal nachdenken. Aber es ist schon eine ganze Weile her. Vielleicht so an die zwei oder drei Monate würde ich schätzen.«

»Heißt das, dass Frau Winter nicht in ständiger Betreuung war?«

»Doch, das schon, aber nicht immer durch mich. Das wechselte öfter, was auch mit den Schichten zusammenhängt ... und dann natürlich auch mit den dauernd wechselnden Mitarbeitern.«

Auf Mathias Sanders wirkte Jens Drewes offen und ehrlich, anders ließ sich sein Gefühl beim besten Willen nicht beschreiben.

»Wie hat man sie denn umgebracht?«

»Das wissen wir noch nicht genau«, gab Mathias Sanders zu. »Aber der Täter hat einen Hinweis hinterlassen.«

»Hinweis?«
»Ja, beim Opfer lag eine Blockflöte im Gras.« Mathias Sanders hatte sich diese kleine Lüge ausgedacht, um zu sehen, ob Jens Drewes bei dieser Behauptung stutzte. Doch nichts dergleichen geschah. Völlig unbeteiligt rührte er weiter in seinem Kaffee herum. »Welche Art von Pflege bedurfte Frau Winter denn eigentlich?«
»Ach, sie war einer der leichteren Fälle«, meinte Jens Drewes und fuhr sich wieder durchs Haar. »Eigentlich brauchte sie nur Gesellschaft, wenn man es genau nimmt. Sie hat sich von uns das Essen liefern lassen, obwohl ich mir ziemlich sicher bin, dass sie das noch selber hingekriegt hätte. Und ab und zu haben wir ihre Einkäufe erledigt. Und immer, wenn wir dann damit zu ihr kamen, hatte sie Kaffee und Kuchen für uns. Es war schon manchmal unangenehm, wenn man dann nur sehr wenig Zeit für sie hatte.« Traurig blickte Jens Drewes auf seine Kaffeetasse. Sensibel trifft schon mal zu, dachte Mathias Sanders, als er an das Täterprofil dachte, das sie vorhin im Ermittlungsraum zusammengesponnen hatten. Und wenn er tatsächlich der Täter war, dann war er auch ein verdammt guter Schauspieler obendrein.
»Na gut«, sagte er, »fürs Erste wär's das jetzt. Wenn wir noch Fragen haben, komme ich wieder vorbei.« Mathias

Sanders erhob sich und lief zur Tür. Jens Drewes begleitete ihn und verzog sich danach wieder ins Schlafzimmer.

Unentschlossen stand Mathias Sanders auf dem Bürgersteig vor den Blockwohnungen in der Ohlthaverstraße. Übersah er irgendetwas bei Jens Drewes? War sein Verhalten nicht ein wenig zu phlegmatisch? Dass er auf die Blockflöte nicht hereingefallen war, war nun wirklich kein Beweis für seine Unschuld. Er lief zu seinem Wagen und fuhr Richtung Deich. Dorthin, wo Guntram auf die Dame vom Deich, Frau Winter, gestoßen war. Er lief zu der Stelle, wo sie gelegen hatte. Es war keine Menschenseele zu sehen. Wie nur war sie hierher gekommen? Eigentlich blieb nur ein Auto als Antwort stehen. Und wenn Jens Drewes sie mit dem Wagen vom Pflegedienst hierher gebracht hätte, dann wäre er bestimmt jemandem aufgefallen. Er hatte ganz vergessen, Jens Drewes zu fragen, ob er ein Auto besaß. Das müsste er nachholen. Irgendetwas an diesem Mann hatte ihn irritiert. Er war Ende vierzig und lebte alleine. Und dann verbrachte er den ganzen Tag mit gebrechlichen alten Menschen. Ob Altenpfleger so etwas wie eine Berufung sein konnte? Für ihn jedenfalls käme das überhaupt nicht in Frage. Sein Telefon klingelte und er nahm ab. Es war Guntram, der

sich nach der Befragung von Jens Drewes erkundigen wollte.
»Ja, ich weiß noch nicht genau ... aber ich habe versucht, ihn mit einem kleinen Trick auf den Zahn zu fühlen.« Er berichtete im Groben, wie der Besuch bei Jens Drewes abgelaufen war. »Jetzt stehe ich hier auf dem Deich«, schloss er, »ich wollte nochmal meine Gedanken schweifen lassen zu dem ganzen.«
»Das geht da natürlich am besten«, meinte Guntram. »Und wenn du fertig bist, wäre es schön, wenn du mal wieder hier aufkreuzen würdest.« Damit legte er auf.

Was war nun wieder in den gefahren, fragte sich Mathias Sanders und schüppte mit seiner Schuhspitze ins Gras. Ganz gleich, wie es für Jens Drewes ausging, er wünschte ihm jedenfalls nicht, dass er eines Tages seinen Chef pflegen musste. Er setzte sich in seinen Wagen und fuhr zur Dienststelle zurück. Er war ganz in Gedanken, als er plötzlich stutzte. Lief da nicht seine Kollegin Katrin Birgner auf Höhe des chinesischen Restaurants am Ostersteg? Er schaltete das Blaulicht an, stoppte den Wagen auf der Straße und stieg aus.

»Katrin, hallo?«

»Oh, Mathias...«, geistesabwesend sah sie auf den fließenden Verkehr.
»Wo willst du hin? Soll ich dich mit zur Dienststelle nehmen?«
Katrin Birgner schüttelte mit dem Kopf. »Nein, ich wollte jetzt ... wollen wir einen Kaffee trinken?«
Mathias Sanders hatte den Eindruck, dass er seine Kollegin jetzt unmöglich allein lassen durfte. Sie wirkte, als habe sie einen Geist gesehen. »Ich parke mal eben den Wagen«, sagte er. »Warte hier bitte auf mich.« Sie nickte. Er fuhr auf den Parkplatz am Ostersteg und lief wieder zu ihr. »Komm, lass uns in die Mühlenstraße laufen. Vielleicht zum *Café am Markt*?«
»Ja, ist gut«, sagte sie mit leiser Stimme. Schweigend liefen sie durch die Fußgängermenge hindurch. Dann suchten sie sich einen Tisch im Außenbereich, das Wetter war noch schön. Sie bestellten jeder ein Kännchen Kaffee und ein Stück Torte. Aus dem Augenwinkel sah er ihr zu, wie sie lustlos mit der Gabel durch die geschlagene Sahne fuhr.
»Du magst eigentlich gar nicht, oder?«, fragte Mathias Sanders, um ein Gespräch anzufangen.
»Doch, es sieht sehr lecker aus...« Im nächsten Moment sprang sie auf und verschwand im Café.

Ich sollte jetzt nicht hier sein, dachte Mathias Sanders. Ich bin nicht der richtige Gesprächspartner für sie. Wo ist bloß Jochen? Ob er ihn anrufen sollte? Unsicher starrte er auf sein Handy, das er aus der Hosentasche gezogen hatte. Aber wie käme er sich da vor? Wie ein Waschlappen oder gar Verräter. Katrin Birgner kam wieder zurück.
»Du bist sehr blass«, sagte er. »Geht es dir nicht gut?«
Katrin Birgner schluckte. »Ich muss dir etwas sagen, Mathias.«
»Ich bin ganz Ohr.«
»Ich bin schwanger.«
Mit allem hätte er gerechnet, doch das haute ihm schier den Boden unter den Füßen weg. Sollte sein Chef etwa Vater werden? Waren sie wirklich so weit gegangen? »Oh, das sind doch gute Neuigkeiten«, stammelte er, »oder sind sie nicht gut?«
Sie lachte. »Du bist schon ein komischer Kauz, Mathias. Aber ein netter.« Sie versuchte noch einmal, etwas von ihrer Torte zu essen und behielt es tatsächlich bei sich. »Ich weiß es erst seit einer halben Stunde, ich war eben beim Frauenarzt.«
»Oh ... dann bin ich der Erste, der es erfährt. Das ehrt mich aber.«
»Ja, der Zufall hat es wohl so gewollt. Vielleicht wirst du ja jetzt Patenonkel.«

»Und wer ist der Vater?«, wagte Mathias Sanders sich vor, zu fragen.
»Ich weiß es nicht«, sagte Katrin Birgner und fing leise an zu weinen.
Ach du lieber Gott, dachte Mathias Sanders. »Soll ich Jochen anrufen?«, fragte er und sah sie ratlos an.
»Warum Jochen?«, sagte sie mit tränenerstickter Stimme.
»Der kann sowas einfach besser«, sagte er und zog unsicher seinen Kuchenteller auf dem Tisch hin und her. »Nicht, dass ich kneifen will, ehrlich ... aber so Gefühlsdinge, da bin ich...«
»Ist schon gut«, sagte Katrin Birgner, die sich wieder ein wenig gefangen hatte. »Es reicht schon, wenn du einfach da bist, wirklich. Ich will dich damit auch nicht belasten.«
»Sag sowas nicht. Wie kann ich dir denn helfen?« Er wagte sich nicht zu fragen, warum sie nicht wusste, wer der Vater war. Sollte sie ein wildes Liebesleben geführt haben in den letzten Monaten, als sie verschwunden gewesen war? Er konnte es sich bei ihrem Anblick kaum vorstellen. Sie war einfach nicht der Typ für so etwas. Eine Weile sagten beide keinen Ton. Er nahm irgendwann Katrin Birgners Hand und drückte sie sanft. »Egal was passiert Katrin, du kannst auf mich zählen.«

»Danke«, sagte sie und sah ihn aus dem Augenwinkel heraus an. »Ich kann ein Kind jetzt überhaupt nicht brauchen...«

»Sei froh, dass du nicht auch noch einen Vater dazubekommst«, sagte Mathias Sanders. »Ach, ich Esel ... das war wohl ein Fettnapf, stimmt's?«

»Schon gut«, sagte sie und lachte. »Du bist eben unverbesserlich ehrlich.«

Bevor er noch mehr Porzellan zerschlagen konnte, klingelte sein Telefon.

»Ich muss da jetzt mal ran, glaube ich, das ist unser Boss.«

Sie nickte.

»Ja, hallo ...«, rief er in den Hörer. Er hörte eine Weile zu, dann legte er wieder auf. »Ich muss los, Jochen hat was für mich«, sagte er entschuldigend. »Kann ich dich hier alleine lassen oder willst du mitgehen?«

»Ich bleib hier, geh du nur«, sagte sie und blickte ihm nach, als er in der Menge verschwand.

Kommissar Guntram

»Wo warst du so lange? Hast du mit den Schafen am Deich noch ein Hörspiel aufgenommen?« Kommissar Guntram war sichtlich verärgert, als Mathias Sanders in der Dienststelle eintraf.

»Ich hab Katrin getroffen.«

Guntram horchte auf. »Katrin? Wo ist sie?«

»In der Stadt.«

»Und warum ist sie nicht mitgekommen?«

»Das musst du selber mit ihr klären.«

Guntram sah ihn misstrauisch an. Er fragte aber nicht weiter. Wenn selbst sein junger Kollege anfing, verklausulierte Formulierungen zu nutzen, dann war etwas im Busch.

»Was war denn nun so dringend?«, fragte Mathias Sanders, um die Aufmerksamkeit in eine andere Richtung zu lenken.

»Wir haben einen weiteren Hinweis in Richtung Jens Drewes«, sagte Guntram. »Er hat sich auch um Enno Peters gekümmert. Aber ich gehe davon aus, dass du ihn schon danach gefragt hast, als du bei ihm warst, stimmt's?«

»Ehrlich gesagt nicht«, gab Mathias Sanders zu. »Ich habe erst mal versucht, ihn mit der Dame vom Deich aufs Glatteis zu führen, und dann...«

»Das Verhören üben wir noch«, grummelte Guntram in sich hinein. »Wir müssen uns jetzt eine Strategie überlegen, wie wir ihn überführen können. Komm mit in mein Büro.« Er lief voraus und Mathias Sanders hinterher.
»Piepwitz hat einen Verdacht«, sagte Guntram, als sie in seinem Büro saßen. »Es ist zwar nur ein kleiner Hinweis, aber immerhin könnte es etwas zu der Todesursache unserer Opfer beitragen.«
»Und, was ist es...?«
»Tja, er denkt, dass die Opfer an einer Überdosis gewisser Medikamente gestorben sind. Es ist ja kein Geheimnis, dass alte Menschen sich manchmal die größten Cocktails an Medikamenten reinwerfen. Und hier oder davon ein wenig zu viel, und schon sind der Kreislauf, die Blutwerte oder sonst was im Eimer. Und das lässt sich verdammt schwer nachweisen.«
»Und warum ist Piepwitz dann darauf gestoßen?«
»Weil er bei bestimmten Blutuntersuchungen Inhaltsstoffe gleicher Medikamente gefunden hat. Und bevor du jetzt einwendest, dass das kein Beweis für einen Mord ist ... ja, das stimmt. Aber es kann eine mögliche Erklärung dafür sein, warum wir zunächst von einem natürlichen Tod ausgingen.«
»Dann müssen wir jetzt wohl nur noch klären, ob dieser Jens Drewes bei allen Opfern Zugang hatte, stimmt's?«

»Auf jeden Fall ist er der ideale Täter, wenn du mich fragst. Er kennt sich doch mit so etwas aus. Und er hat die Möglichkeit, an die notwendigen Medikamentenmengen heranzukommen. Im Prinzip brauchte er nur die Arznei, die das jeweilige Opfer eingenommen hat, mit dem, was er da zusammengemixt hatte, ergänzen und schon nahm das Spielchen seinen Lauf.« Guntram blickte zufrieden aus dem Fenster. »Ich finde, wir sollten ihn vorläufig festnehmen, was meinst du?«

»Klingt nach einem guten Plan. Außerdem werde ich einen Durchsuchungsbefehl beantragen. Da findet sich bestimmt etwas in seiner Wohnung.« Mathias Sanders wollte sich schon erheben, als Guntram ihn zurückhielt.

»Warte noch einen Augenblick ... was war denn nun mit Katrin? Wo hast du sie getroffen?«

»Hm ... ich mach jetzt lieber Jens Drewes klar. Ruf sie doch einfach an, das wird glaube ich das Beste sein.« Schnell verließ Mathias Sanders das Büro.

Sein Finger rutschte auf dem Zahlenblock hin und her. Sollte er sie jetzt anrufen? Mathias Sanders hatte merkwürdig auf seine Fragen reagiert. Und warum war sie nicht mit in die Dienststelle gekommen? Schließlich hielt Guntram es nicht mehr aus und wählte ihre Nummer. Nach dem vierten Klingeln nahm sie das Gespräch an.

»Hallo Katrin … du … also, Mathias hat mir erzählt, dass er dich getroffen hat.«
»Und?«, fragte sie nur.
»Können wir uns treffen?«
»Warum?«
»Mathias hat so merkwürdige Andeutungen gemacht … ich solle dich selbst fragen, was mit dir wäre und so. Ich mache mir Sorgen.« Er rieb sich mit seiner freien Hand über die Wange. Rasieren könnte er sich auch mal wieder. Warum sagte sie denn nichts? »Katrin, bist du noch da?«
Sie räusperte sich. »Ja, bin ich. Vielleicht sollten wir uns draußen im Westerhammrich treffen. Bring doch einfach Whisky mit für einen kleinen Spaziergang.«
»Oh, das ist eine gute Idee«, sagte er schnell. Ihre Stimme gefiel ihm ganz und gar nicht. »Sagen wir in dreißig Minuten bei der Kleingartenkolonie, okay?«
»Ja, bis gleich.« Sie legte auf.
Schnell schnappte er sich seinen Wagenschlüssel.

Als Guntram zuhause ankam, war Siglinde nicht da. Auf dem Tisch lag ein Zettel, dass sie unterwegs sei und noch bei seinen Eltern vorbeischauen werde. Er schnappte sich den Hund und fuhr wieder los. Whisky sprang aufgeregt im Wagen hin und her, als ahne er schon, wohin es ging. Guntram stellte den Wagen bei der Kleingartenkolonie ab und stieg aus. »Erinnerst du dich noch, als wir dich hier gefunden haben«, sagte er zu dem Hund, der wild aus dem Wagen sprang. Aber natürlich hatte er das längst vergessen. Doch Guntram erinnerte sich umso intensiver, wie er genau an dieser Stelle Katrins Augen gesehen hatte. So groß und traurig hatte sie ihn angesehen, weil sie Whisky nicht zu sich nehmen konnte. Jetzt waren die meisten Häuschen der Gartenkolonie dem Boden gleichgemacht. Der Fall mit den illegalen Prostituierten, die vielen Geschäftsleuten und Politikern hier hatten dienlich sein müssen, hatte ganz Leer erschüttert. Dann fuhr auch Katrin auf den Parkplatz und stieg aus.

»Na Whisky, mein kleiner Racker«, sagte sie lachend und der Hund rannte auf sie zu.

»Komm, wir gehen einfach ein Stück hier hoch«, sagte Guntram und marschierte los. Eine Weile liefen sie schweigend, bis sie bei der Bank ankamen und sich setzten.

»Tut gut, die frische Luft«, sagte Guntram und warf Whisky einen abgebrochenen Ast zu, den er sofort bearbeitete.

»Ja, das stimmt...« Katrin Birgner sah auf das Wasser. »Es wird sich einiges ändern in meinem Leben.«

»Ach ja?«, Guntram sah ebenfalls ins Nichts und schabte mit seinem Schuh im Sand herum.

»Mathias hat dir also nichts gesagt?«

»Nein, nur, dass ich dich besser selber fragen soll. Was ist denn eigentlich los? Du weißt, dass ich eher auf klare Ansage stehe.«

»Tja, als ob das immer so leicht wäre...« Sie strich sich eine Haarsträhne aus dem Gesicht. Guntram bemerkte ihren blassen Teint. »Ich bin schwanger«, sagte sie ohne weitere Umschweife. Jetzt war es raus.

»Schwanger? Aber wieso?« Guntram hätte mit allem gerechnet, doch das hatte er nicht auf seiner Liste.

»Wieso? Tja, wenn ich das wüsste...« Sie schluckte hart. »Ganz ehrlich Jochen, ich weiß nicht, warum ich schwanger bin.«

Guntram kam sich vor wie im falschen Film. Was redete sie da eigentlich? »Katrin, ich weiß nicht was ich sagen soll. Du sprichst in Rätseln. Es muss dir nicht unangenehm sein, dass du jemanden kennen gelernt hast, während ... nun ja, während du dir eine Auszeit gegönnt hast.«

»Jochen, ich weiß es wirklich nicht, warum ich schwanger bin. Ich habe niemanden kennen gelernt.«

»Wo gibt es denn sowas?« Guntrams Stimme klang leicht verärgert. Nahm sie ihn vielleicht auf den Arm?

»Ich schwöre dir, dass ich mit niemandem etwas hatte ... ich meine, ein intimes Verhältnis oder so. Dafür war ich ehrlich gesagt viel zu fertig.«

»Du willst mir jetzt also erzählen, dass da so etwas wie die Unbefleckte Empfängnis bei dir stattgefunden hat?« Mit großen Augen sah er sie an.
»Nein, so naiv bin ich wirklich nicht. Ich habe da einen ganz anderen Verdacht ... und ... es macht mich ganz fertig.« Erste Tränen rannen über ihr Gesicht.
»Katrin...«
»Ich glaube, ich bin von meinem Therapeuten missbraucht worden, während er mich hypnotisiert hat.« Jetzt weinte sie hemmungslos. Guntram, ganz geschockt von dieser Eröffnung, nahm sie schnell in seine Arme.
»Wie heißt das Schwein«, sagte er und ballte die Fäuste. »Den mach ich kalt, wenn ich den zwischen die Finger kriege.«
Als Katrin Birgner sich ein wenig beruhigt hatte, sah sie ihn aus rotgeweinten Augen an. »Ich fühle mich so schmutzig. Es war mir immer so schlecht in den letzten Tagen. Erst dachte ich an eine Lebensmittelvergiftung. Aber ich bin ja auch nicht auf den Kopf gefallen. Schließlich habe ich heute einen Test machen lassen bei meinem Frauenarzt ... er hat mir meinen schlimmsten Verdacht bestätigt. Ich bin fix und fertig, das kannst du mir glauben. Es muss bei einer unserer Sitzungen passiert sein, es gibt einfach keine andere Erklärung, denn ich hatte

wirklich mit keinem Mann etwas, das musst du mir glauben.«
»Katrin, du musst dich mir gegenüber nicht rechtfertigen. Und natürlich glaube ich dir. Wir müssen den Kerl auf jeden Fall anzeigen, das ist dir doch wohl klar.«
»Auf der einen Seite ja«, seufzte Katrin Birgner, »aber letztlich kann ja das Kind nichts dafür. Aber ich weiß noch nicht, ob ich es überhaupt bekommen werde. Es passt überhaupt nicht in mein Leben, und schon gar nicht auf diese Art.«

Guntram hielt sie weiter fest und sah aufs Wasser. Whisky hatte sich mittlerweile ins Gras gelegt und kaute auf dem Stock herum.
»Ehrlich Katrin, wir ... oder du ... musst den Kerl anzeigen, und zwar auf dem schnellsten Wege. Das ist Vergewaltigung auf die mieseste Art, die man sich vorstellen kann. Das Schwein gehört hinter Gitter.«
»Du hast sicher recht«, sagte Katrin Birgner matt, »aber glaube mir, das ist nicht mein größtes Problem.«
»Ich verstehe dich ja, Katrin. Und eines solltest du auch wissen, ich werde dir immer zur Seite stehen, egal wofür du dich auch entscheidest.«

Sie blieben noch eine Weile sitzen. Katrin Birgner schmiegte sich an Guntram und schien sehr erleichtert, dass sie sich ihm endlich anvertraut hatte. Warum musste alles in ihrem Leben so kompliziert sein? Andere wurden erwachsen, suchten sich einen Partner und gründeten eine Familie. Doch bei ihr lief alles schief. Nein, es war mehr als das. Ihr ganzes Leben war eine einzige Katastrophe, und zwar angefangen von ihrem Elternhaus bis hierher. Sie wusste, dass ihr Therapeut leichtes Spiel mit ihr gehabt hatte. Und die Begründung dafür lag einzig und allein in ihrer Vergangenheit. Sollte sie Guntram auch davon erzählen? Jetzt, wo sowieso schon mal die Karten auf dem Tisch lagen, wäre es ein Abwasch gewesen.

»Du Jochen...«

»Ja?« Er sah ihr offen ins Gesicht. Plötzlich wirkte alles irreal. Er hier mit ihr im Arm auf einer Bank.

»Ach nichts...«, sagte sie und erhob sich. »Wir sollten jetzt wieder an unsere Arbeit gehen, meinst du nicht?«

»Ja, du hast recht. Lass uns zu unseren Wagen laufen.«

Gelangweilt erhob sich auch Whisky, Menschen konnten so anstrengend sein. Gemächlich trottete er neben den beiden her und stieg schließlich in Guntrams Wagen.

»Wirst du auch gleich zur Dienststelle kommen?«, fragte Guntram, bevor er den Wagen startete.

»Ich glaube nicht«, sagte sie. »Aber ich melde mich bei dir, okay?«
Er nickte und fuhr los.

Als Guntram Whisky zuhause ablieferte, war Siglinde immer noch nicht zurück. Er streichelte dem Hund noch ein paar Mal über den Kopf und fuhr los zur Dienststelle. Dort erwartete ihn bereits Mathias Sanders, der Jens Drewes zum Verhör abgeholt hatte. Währenddessen stellte ein Polizeiteam seine Wohnung auf den Kopf.
»Gut, dass du kommst«, begrüßte ihn Mathias Sanders, als er in den Ermittlungsraum kam. »Der Drewes sitzt schon im Verhörraum.«
»Warum hast du mich nicht angerufen?«, fragte Guntram verwundert.
»Du warst doch mit Katrin unterwegs, oder?«
»Stimmt, aber ...«
»Ich hab's geahnt, deshalb wollte ich nicht stören. Jetzt kann es ja losgehen.«
»Na dann...«
Gemeinsam gingen sie zu Jens Drewes, der, das Gesicht auf die Hände gestützt, bereits auf sie wartete.
»So ganz verstehe ich ja nicht, was ich hier eigentlich mache«, sagte Jens Drewes, als die Beamten in den Verhörraum kamen.

»Einen Moment, wir helfen Ihnen da gerne weiter«, sagte Guntram flapsig. »Dazu sind wir ja da. Es geht um nichts Geringeres als vierfachen Mord, den wir Ihnen hiermit vorwerfen.«
In Jens Drewes Gesicht stand schieres Erstaunen geschrieben. »Wenn das jetzt meine Kollegen hören könnten, würden sie mich für Jack the Ripper halten.«
»Wenn das eine Auszeichnung für sie wäre...«, meinte Mathias Sanders lakonisch. »Wir werfen Ihnen die Morde an Lieselotte Winter, Enno Peters und Bernhard Müller zur Last. Den Namen des vierten Opfers kennen wir leider noch nicht.«
Jens Drewes begriff langsam, dass die Sache ernst wurde. »Wenn das so ist, dann hätte ich gerne meinen Anwalt gesprochen.«
»Das ist sicher kein Problem«, sagte Guntram, »denn den werden Sie brauchen. Sie geben also zu, etwas mit den Morden zu tun zu haben?«
»Keineswegs! Und ich weiß auch nicht, wie sie auf dieses schmale Brett kommen.«
»Ach, das ist eigentlich ganz einfach. Sie hatten zu Lieselotte Winter und Enno Peters Kontakt in Ihrer Eigenschaft als Pfleger der Einrichtung *Wolkenheim*, korrekt?«, fragte Guntram.

»Ja, das ist richtig. Ich kenne die beiden. Aber dieser Müller, das sagt mir nichts.«

»Wir werden schon noch rausfinden, ob Sie nicht auch Bernhard Müller gepflegt haben«, sagte Mathias Sanders. »Also erleichtern Sie uns doch einfach die Arbeit und geben es zu.«

»Ich kenne keinen Bernhard Müller, dabei bleibt es. Wer ist das überhaupt? Wohnt er auch in Leer?« Jens Drewes fühlte sich offensichtlich nicht mehr wohl in seiner Haut. Er fing an zu schwitzen und wischte sich mit den Händen übers Gesicht.

»Bernhard Müller wohnte in Augustfehn«, erklärte Guntram, »aber er wurde in Leer ermordet.«

»Und dann muss ich das natürlich auch gewesen sein«, blaffte Jens Drewes. »Also, das sind ja Ermittlungsmethoden wie bei Emil und den Detektiven, aber damit würde ich diese Kinder wohl beleidigen.«

Guntram merkte, dass sie sich nur auf dünnem Eis bewegten. Denn es stimmte, was Jens Drewes sagte. Sie hatten zwar Vermutungen, aber nicht die geringsten Beweise. Er hoffte inständig, dass man etwas bei der Hausdurchsuchung fand, sonst sähen sie verdammt alt aus.

»Die Opfer wurden nach unseren Vermutungen mit einem gehörigen Medikamentencocktail, der ihnen im Rahmen ihrer normal üblichen Medikation verabreicht wurde, getötet. Es ließen sich vergleichbare Spuren durch unseren Gerichtsmediziner nachweisen. Und Sie sind unser Hauptverdächtiger, da Sie die Opfer kannten. Und bevor Sie jetzt widersprechen, sollten Sie ruhig zugeben, dass Sie auch Bernhard Müller kannten. Sie ersparen uns damit eine Menge Zeit.«

Jens Drewes rutschte auf seinem Stuhl hin und her. »Sie haben recht«, sagte er schließlich. »Ich erinnere mich jetzt. Ich kannte auch einen Bernhard Müller.« Der Schweiß lief ihm die Schläfen hinab. »Aber mit dem Tod dieser Menschen habe ich nichts zu tun.«

»Moment ... Moment«, sagte Guntram. »Woher kannten Sie Bernhard Müller?«

»Das ist eine lange Geschichte«, sagte Jens Drewes.

»Wir haben Zeit...«

»Na gut, ich mache es kurz. Ich habe, bevor ich nach Leer gekommen bin, auch in Westerstede in einer Pflegeeinrichtung gearbeitet. Und Bernhard Müller hat dort immer seine Frau besucht.«

»Seine Frau?«

»Ja, sie ist dort eine Weile betreut worden, bevor sie dann gestorben ist.« Jens Drewes blickte erschöpft auf seine Hände. »Ich weiß, wie sich das alles für Sie darstellen muss. Ich habe alle Opfer gekannt und hatte als Pfleger vielleicht auch die nötigen Kenntnisse und Möglichkeiten für deren Ermordung. Aber Sie müssen mir glauben, ich war das nicht.«

»Sie können sich nicht vorstellen, wie oft wir das in genau diesem Raum schon gehört haben«, sagte Mathias Sanders und rollte mit den Augen.

»Jens Drewes, ich nehme Sie hiermit aufgrund des dringenden Tatverdachts der Ermordung von Lieselotte Winter, Enno Peters und Bernhard Müller fest. Und wir gehen davon aus, dass auch das vierte Opfer, dessen Identität immer noch nicht geklärt ist, auf Ihr Konto geht. Sie können gleich noch Ihren Anwalt anrufen.«

»Sie sind ja völlig verrückt geworden«, rief Jens Drewes außer sich und wurde in Handschellen abgeführt.

Siglinde Guntram

Sie lief wie auf Wolken, während sie die Wohnung putzte. Whisky lief durch die Zimmer aufgedreht neben ihr her, denn offensichtlich war das eine Übungsstunde und sie erwartete wohl das eine oder andere Kunststück von ihm, interpretierte er, als sie ihm ab und an ein Leckerchen zuwarf. Einfach so, ohne dass er gebettelt hatte. Aufgeregt warf er den Kopf hin und her.

Nachdem sie sich von Manfred Wegener verabschiedet hatte, war Siglinde noch bei ihren Schwiegereltern vorbeigefahren. Gertrud Guntram ging es an diesem Nachmittag ausgesprochen gut, und so hatten sie gemütlich zusammen Kaffee getrunken auf der Terrasse. Irgendwann hatte Jürgen Guntram sie gefragt, ob sie im Lotto gewonnen habe, denn man könne schon den Eindruck gewinnen, bei ihrer Mimik. Doch sie hatte nur abgewunken. Reich werde sie wohl in diesem Leben nicht mehr. Als sie sich von den beiden verabschiedete, wurde ein Ausflug für das kommende Wochenende vereinbart. Siglinde hatte den *Tierpark in Thüle* vorgeschlagen, so weit weg sei das ja nicht. Gertrud Guntram hatte freudig genickt und auch ihr Mann konnte dem nichts entgegensetzen. Siglinde Guntram fühlte sich zufrieden, denn auch ihren Pflichten als Schwiegertochter war sie so gerecht geworden. Und nun putzte sie das Haus. Alles war perfekt.

Als sich jedoch die erste Euphorie gelegt hatte, sank sie von Zweifeln geplagt aufs Sofa. Was wäre, wenn die Kinder etwas davon mitbekamen, dass sie sich mit einem anderen Mann traf? Es würde ihnen das Herz brechen, zweifellos. Und doch hatte sie ein Anrecht auf ein wenig Glück. Doch mit solch platten Äußerungen brauchte sie ihrer Tochter ganz bestimmt nicht kommen. Während sie vor sich hin grübelte, kehrte ihr Mann nach Hause.

»Hallo Siglinde? Bist du da?« Guntram legte seine Wagenschlüssel im Flur auf der Anrichte ab und lief weiter ins Wohnzimmer, wo ihm Whisky schon stürmisch entgegenkam.

»Ja, ich bin hier im Wohnzimmer«, rief Siglinde. Sie hielt immer noch den Staublappen in der Hand.

»Wäre es unverschämt, wenn ich jetzt fragen würde, ob du noch bei meinen Eltern vorbeigesehen hast?«

»Ja, das wäre es. Aber ja, ich war dort. Es geht ihnen gut. Wir haben einen Ausflug nach Thüle für das kommende Wochenende ins Auge gefasst, wenn das okay ist.«

»Aber sicher«, sagte Guntram. »Was hast du da in der Hand?«

»Das ist ein gewöhnlicher Staublappen für Hausfrauen«, sagte sie und legte ihn auf den Tisch.
»Aha«, raunte Guntram. »Was gibt es denn zu essen heute?«
»Keine Ahnung. Willst du nicht noch mit Whisky raus?«
Der Hund sah von einem zum andern.
»Ich war heute Mittag schon mit ihm im Wasserschutzgebiet, das muss reichen.«
»Heute Mittag?«, fragte Siglinde erschrocken.
»Ja, wieso? Ist etwas nicht in Ordnung?«
»Nein, schon gut...«
»Du warst nicht da.«
»Ja, ich hatte noch was zu erledigen ... und dann war ich bei deinen Eltern.«
»Was musstest du denn erledigen?«, fragte Guntram neugierig.
»Nichts Wichtiges ... aber das interessiert dich doch sonst auch nicht.«
Guntram musterte seine Frau. So, wie sie da auf dem Sofa saß, wirkte sie ganz gewöhnlich, eigentlich wie immer. Doch irgendetwas lag da in der Luft zwischen ihnen, er spürte es ganz deutlich. »Hm ... ja, also dann«, sagte er und erhob sich. »Ich guck dann mal, was ich in der Küche finden kann.«

Sie sagte nichts. Der Appetit war ihr sowieso schon längst vergangen. Seinem Mann in einer langen Ehe gegenüber gleichgültig zu werden war etwas ganz anderes, als ihn zu betrügen. Bestimmt ahnte er, dass da etwas vor sich ging. Ob sie ihm reinen Wein einschenken sollte? Er würde es bestimmt besser verkraften, als die Kinder. Doch jetzt war einfach nicht der richtige Moment, beruhigte sie sich und folgte Guntram in die Küche. Schweigend aßen sie eine Kleinigkeit und verbrachten einen weiteren Abend vor dem Fernseher.

Am nächsten Morgen machte sich Guntram schon sehr früh auf den Weg zur Dienststelle. Er hatte Whisky in den Garten geschickt, damit dieser dort sein Geschäft erledigte. Siglinde hatte noch geschlafen. Auf jeden Fall hatte sie so getan. Er hatte es genau gespürt, dass sie die Augen aufgeschlagen hatte, als er sich aus dem Bett drehte. So etwas lernte man in einer langen Ehe. Doch es war ihm ganz recht gewesen, dass sie liegen geblieben war. Er ahnte, dass sich große Veränderungen in seinem Leben anbahnten. Und er wusste nicht, welche ihm mehr zu schaffen machten. Er hatte Katrin zugesichert, ihr bei allem zur Seite zu stehen. Und wenn dieser Fall gelöst war, dann würde er sich den Therapeuten vorknöpfen.

»Hallo Mathias«, begrüßte er seinen Kollegen, der bereits im Ermittlungsraum vor dem PC saß.
»He, Jochen, verdammt früh heute auf den Beinen, was?«
»Ja. Sag mal, hat sich was Neues bei der Hausdurchsuchung von Jens Drewes ergeben?«
»Tja, leider Fehlanzeige. Ein durchschnittlicher Singlehaushalt. Medikamente hier und da, aber nicht die Mengen, nach denen wir suchen. Überwiegend waren es Kopfschmerztabletten, Erkältungsmittel und irgendwas gegen depressive Verstimmungen. Aber es ist ja auch nicht gesagt, dass er das Zeug bei sich in der Wohnung hortet.«
»Nein, das nicht ... aber es wird verdammt schwer werden, ihm die Morde zu beweisen. Sie sind ja quasi nicht nachweisbar. Man mag sich ja gar nicht ausmalen, wie viele alte Menschen jedes Jahr auf diese Weise ermordet werden könnten, wenn das so schwer nachzuweisen ist. Das Einzige, was uns bleibt, ist zu beweisen, wie die Opfer Lieselotte Winter, Bernhard Müller und unser Unbekannter an die Tatorte gelangt sind. Enno Peters wurde ja in seiner Wohnung umgebracht. Und unser Beweis, dass alle Morde zusammenhängen, sind diese Märchenbücher. Und auch so etwas Vergleichbares haben wir nicht in der Wohnung von Jens Drewes gefunden. Also muss er die Medikamente und die Bücher irgendwo horten, wenn er der Täter ist.«

»Tja, das stimmt. Also, ganz ehrlich gesagt kommt er mir nicht wie ein Serienkiller vor«, sagte Mathias Sanders. »Er macht auf mich einen viel zu naiven Eindruck.«
»Da muss ich dir recht geben. Die Untersuchung seines Wagens wird ja sicher mehr Aufschluss darüber bringen, ob die Opfer darin transportiert wurden. Dann hätten wir ihn.«
»Der Bericht müsste jeden Moment reinkommen«, sagte Mathias Sanders und tippte etwas in die Tastatur des PC. »Noch ist nichts da...«

Guntram stand auf und lief im Zimmer hin und her. »Ich verstehe nicht, warum es so verdammt schwer ist, den vierten Toten zu identifizieren. Entweder wohnte er noch vereinsamter als alle anderen, oder er kommt nicht von hier. Das würde dann vielleicht auch erklären, warum er auf einem Rastplatz abgestellt wurde. Was könnte uns der Täter damit sagen wollen, denk doch mal nach...«
Mathias Sanders fühlte sich mal wieder an seine Grenzen gestoßen. »Tja, Rastplätze sind ja im weitesten Sinne auch ein vereinsamter Raum, wenn man es genau nimmt. Ich meine ... ach, ich glaube, das ist jetzt Quatsch, den ich da erzähle.«
»Das fürchte ich auch«, raunte Guntram. Er wünschte sich Katrin an seine Seite. Ihr wäre sicher etwas eingefallen.

Was sie wohl machte? Zum Glück wurden seine trüben Gedanken gestört, als ein Beamter der KTU in den Ermittlungsraum kam. Guntram und Mathias Sanders starrten ihn erwartungsvoll an.

»Es gibt tatsächlich Spuren von den Opfern Lieselotte Winter und Enno Peters in dem Wagen von Jens Drewes«, sagte der Beamte und hielt einen ausführlichen Bericht in den Händen.

»Das ist doch schon mal was«, sagte Guntram und nahm ihm das Papier aus der Hand. »Dann hat er sie auch umgebracht«, sagte er und schlug siegesgewiss mit der Faust auf den Tisch. »Es ist nur noch eine Frage der Zeit, bis wir ihm alle vier Morde nachweisen können. Ich will ihn jetzt sofort noch mal zum Verhör hier haben, Mathias.«

»Alles klar, Chef, ich hole ihn.«

»So, dann packen Sie jetzt mal aus!« Guntram drehte seinen Stuhl um, setzte sich rittlings darauf und starrte Jens Drewes ins Gesicht.

»Was meinen Sie?«, fragte dieser mit unsicherer Stimme.

»Wir haben Spuren von Lieselotte Winter und Enno Peters in Ihrem Wagen gefunden, das Spiel ist aus.«

»Das lässt sich leicht erklären«, sagte Jens Drewes kleinlaut. »Ich habe ja auch nie behauptet, dass sie nicht in meinem Wagen gewesen sind.«

»Ach, sieh mal einer an. Aber Sie haben es uns auch nicht freiwillig erzählt, oder irre ich mich da, Mathias?« Guntram sah zu ihm rüber. Mathias Sanders schüttelte mit dem Kopf.

»Mit keiner Silbe hat er davon etwas erwähnt.«

»Sehen Sie, auch mein Kollege erinnert sich nicht daran. Also nochmal, wieso haben Sie es verschwiegen?«

»Ich hatte Angst, dass ich genau dahin komme, wo ich jetzt stehe. Nämlich, dass Sie mich für den Mörder halten. Aber das bin ich nicht. Ich habe doch nie bestritten, dass ich die Opfer kannte. Und ja, ich habe auch zwei von ihnen in meinem Wagen mitgenommen. Aber das macht mich noch nicht zum Mörder! Das waren ganz harmlose Fahrten zum Einkaufen und Arztbesuche. Ich wollte nur nett sein zu den Alten.« Langsam stieg Wut in Jens Drewes hoch.

»Es hilft doch nicht, wenn Sie es jetzt noch weiter leugnen«, sagte Guntram und stand auf. »Sie sind doch so gut wie überführt. Wir müssen doch nur noch Ihr Lager finden, bei dem Sie die Medikamente und die Märchenbücher versteckt haben, und dann sind Sie fällig.«

»Was für Märchenbücher?«, fragte Jens Drewes und sah von einem zum anderen.

»Was für Märchenbücher? Ich flippe gleich aus«, sagte Guntram und setzte sich wieder auf seinen Stuhl. »Langsam habe ich auf dieses Versteckspiel keine Lust mehr. Sie sitzen in der Falle, also vergeuden Sie nicht länger unsere Zeit. Was hat es nun mit den Märchenbüchern auf sich? Wollten Sie uns damit nur in die Irre führen?«

»Ich sage es noch einmal, ich weiß nicht, wovon Sie reden«, sagte Jens Drewes mit flehentlicher Stimme.

»Wir haben bei jedem Opfer ein Märchenbuch gefunden, bei dem ein bestimmtes Märchen markiert war«, erklärte Mathias Sanders.

»Davon haben Sie aber bisher nichts erwähnt«, sagte Jens Drewes und blickte mit nicht gespielter Neugier in seine Richtung. »Als Sie mich in Meinung Wohnung verhört haben, erzählten Sie etwas von einer Blockflöte, jetzt erinnere ich mich daran.«

Guntram und Mathias Sanders warfen sich einen Blick zu.

»Wir sind gleich wieder da«, sagte Guntram und ging mit seinem Kollegen raus.

»Ich weiß nicht mehr weiter«, stöhnte Guntram. »Wir haben einfach nichts, womit wir ihn festnageln können. Es ist zum Verrücktwerden.«

»Ja, sehe ich auch so…«, raunte Mathias Sanders. »Wenn er nicht bald mit einem freiwilligen Geständnis rausrückt, dann müssen wir ihn laufen lassen.«

»So ein verdammter Mist. Lass ihn wieder abführen, ich muss nachdenken.« Guntram ließ Mathias Sanders stehen und lief ins Freie.

Erst nach einer Stunde betrat Guntram wieder die Dienststelle. Mathias Sanders saß im Ermittlungsraum und zerbrach sich den Kopf über Jens Drewes.
»Wenn wir nicht bald etwas finden, dann war's das. Kein Haftrichter wird uns erlauben, ihn noch länger ohne Beweise festzuhalten. Mich wundert sowieso, dass sein Anwalt noch nicht aufgetaucht ist. Er wollte doch einen rufen.«
»Das soll nicht unsere Sorge sein«, meinte Guntram. Seine Gedanken hatten während seiner Abwesenheit in erster Linie um Katrin Birgner gekreist. Sie hatten es in ihrem Gespräch zwar nicht offen gesagt, doch im Prinzip war sie einem Verbrechen zum Opfer gefallen. Und es war fraglich, ob man es jemals beweisen konnte. Vermutlich war die Zahl der Verbrechen viel höher, als die üblichen Statistiken auswiesen, wenn man die alltäglichen menschlichen Dramen hinzuzählte. Und nun hatten sie es mit Todesfällen zu tun an Menschen, um die sich eigentlich keiner sorgen würde, wenn sie nicht gerade an öffentlichen Orten gefunden worden wären. Was wäre, wenn man

tatsächlich einmal alle Häuser durchsuchte. Wer wusste schon, wie viele Leichen man da im Keller fand.
»Hast du dir eigentlich schon mal darüber Gedanken gemacht, dass sie vielleicht sterben wollten?«, sagte Guntram plötzlich in die Stille hinein.
Mathias Sanders sah auf. »Du denkst an Sterbehilfe?«
»Wäre das so unwahrscheinlich bei alten gebrechlichen Menschen?«
»Vermutlich nicht. Und das würde natürlich auch erklären, warum Jens Drewes den Mund nicht aufmacht. Er käme dann in Teufelsküche, weil es genauso auf Mord hinauslaufen würde.«
»Eben. Aber es würde erklären, warum er so gelassen mit der ganzen Sache umgeht und vehement bestreitet, sie ermordet zu haben. Wenn sich jemand den Tod wünscht und einen findet, der ihm dabei hilft, dann hört sich das doch erst einmal nicht nach einem Verbrechen an. Doch die wenigsten bringen dafür Verständnis auf, glaube ich.«
»Soll ich ihn noch einmal zum Verhör holen?«, fragte Mathias Sanders und war auch schon im Begriff, aufzustehen.
»Nein, heute nicht mehr«, meinte Guntram. »Lass ihn ruhig noch ein bisschen schmoren. Nach einer weiteren Nacht in der Zelle könnte er vielleicht etwas gesprächiger werden.«

»Okay, dann gleich morgen früh«, sagte Mathias Sanders und beugte sich wieder über seine Akten.

»Ja. Ich mach dann mal Feierabend«, sagte Guntram und erntete einen fragenden Blick von Mathias Sanders. »Ich will auch noch einmal bei Katrin vorbeisehen.« Mit diesen Worten verließ er das Büro. Mathias Sanders fragte nicht weiter nach. Er würde noch früh genug erfahren, was los war. Außerdem war er noch immer frisch verliebt in seine neueste Flamme, die er zufällig in einer Videothek kennen gelernt hatte, als sie sich einen Film ausgeliehen hatte, nach dem auch er gerade greifen wollte. Er kuschelte sich gedanklich in ihre Arme und studierte weiter die Ermittlungsakten.

Bittere Medizin

»Noch einen Schluck. Gleich ist es geschafft.« Er hatte dem alten Mann das Glas zum wiederholten Male an den Mund gehalten und ihm die bitte Flüssigkeit eingeflößt. »Es ist nur zu deinem Besten.« Der Greis hatte sich nicht gewehrt. Nicht wehren können, denn er war an den Stuhl gefesselt an Armen und Beinen. Nur seine kleinen grauen Augen hatten ängstlich auf den Mann gestarrt, der ihm gerade nach dem Leben trachtete. Er konnte es nicht fassen. Wie hatte es so weit kommen können? Er hatte seinem Sohn doch nie etwas Böses gewollt. War er nicht im Gegenteil immer gut zu ihm gewesen? Er hatte alles für ihn getan, damit es ihm an nichts fehlte. Es war doch nicht seine Schuld, dass seine Frau diesen Jungen so verweichlichen ließ. Dass er bei jeder kleinsten Gelegenheit anfing zu weinen, das war nur ihr Werk gewesen. Immer hatte sie sich schützend vor ihn gestellt, wenn er den Jungen etwas härter rannehmen wollte, damit ein ganzer Mann aus ihm werde.

»Wenn du so weitermachst, dann wird eines Tages noch ein Mädchen aus ihm«, hatte er einst gelacht und seinen Ledergürtel über den Tisch peitschen lassen. Der weitere Schlag hatte den Jungen auf die linke Hand getroffen. »Iss jetzt!«, hatte er seinen Sohn angeschrien und auf das

Taubenfleisch gezeigt, das grau und leblos auf dem Sonntagstisch gestanden hatte. Dem Jungen waren die Tränen die Wangen hinuntergelaufen. Er konnte einfach nicht. Lieber wäre er genau in diesem Moment einfach gestorben. Hätte sein Leben ausgehaucht und keine Qualen mehr ertragen müssen. In jeder Nacht suchten sie ihn heim, die zuckenden Köpfe, die wandelnden halbtoten Taubenkörper, denen nur noch der Rumpf geblieben war, nachdem die Hand des Vaters ihnen den Hals umgedreht und das Haupt abgerissen hatte. Selbst die Tiere wirkten verstört, sie hatten nicht damit gerechnet, dass derjenige, in dessen Obhut sie sich wähnten, ihnen plötzlich den Tod bringen würde. Und der Junge war mit jedem torkelnden Tier gestorben. Jedes Mal ein wenig mehr.

»Iss jetzt!« Wieder die Stimme des bösen Vaters. Glutvoll ruhten seine Augen auf ihm. Der Junge hatte kaum noch Kraft zu atmen. Die Mutter weinte. Versuchte zu flehen. Doch ihre Stimme erstickte ob der vielen Tränen, die sie zu unterdrücken suchte. Der Junge empfand Angst. Und dann Ekel und Hass, als er seine Mutter so sah. Er holte noch einmal tief Atem und seine Hand, die rot angelaufen vom Hieb mit dem Riemen, langte über den Tisch zur Taube. Zentimeter für Zentimeter tastete sie sich voran und dann, kurz bevor er sie herabsenkte, erbrach sich der Junge auf seinen Teller.

»Trink jetzt schön aus, Vater. Dann kannst du bald gut schlafen.« Er stellte das leere Glas auf den Tisch und wartete einfach ab.

Kommissar Guntram

Kommissar Guntram hatte bei Katrin Birgner kein Glück gehabt. Auch nach mehrmaligen Klingeln hatte sie nicht geöffnet. Er ging nicht davon aus, dass sie sich abkapselte. Vermutlich war sie einfach nur Besorgungen machen gegangen. Unschlüssig stand er im Treppenhaus und sah auf die Uhr. Gleich war es fünf. Er hatte keine Lust, jetzt noch einmal zur Dienststelle zu fahren. Stattdessen lief er zu seinem Wagen und fuhr noch einmal zu der Stelle, wo er die Frau vom Deich, wie sie von allen genannt wurde, gefunden hatte.

Als er dort in der späten Nachmittagssonne im Gras saß, gingen tausend Gedanken durch seinen Kopf. Er ging noch einmal den Ablauf des Auffindens der Opfer durch. Warum hatte der Täter drei Menschen durch die Gegend gefahren und den einen zuhause getötet? Und was wäre, wenn gar zwei Mörder am Werk gewesen wären und ein anderer ein Nachahmer? Wenn die Theorie mit der Sterbehilfe zum Beispiel auf Jens Drewes zutraf, dann könnte es ja durchaus sein, dass er nur im Fall von Lieselotte Winter involviert gewesen war. Guntrams Blick glitt über das Wasser der *Ems*, das vom leichten Sommerwind geschaukelt wurde. Es entspannte ihn und machte seine Gedanken frei. Am Ende könnte dann ein anderer Mörder für die drei toten Männer verantwortlich sein. Aber was war mit den Märchenbüchern, die bei allen vier Opfern aufgefunden worden waren? Das war natürlich ein Knackpunkt, musste sich Guntram eingestehen, so sehr ihm seine Theorie auch gefiel. Er glaubte in diesem Punkt einfach nicht an einen Zufall. Aber es könnte ja durchaus sein, dass Jens Drewes Lieselotte Winter aus dem Buch vorgelesen hatte, bevor sie dann auf freiwillige Art gestorben war. Vielleicht war sie ein naturverbundener Mensch und wollte mit Blick auf den freien Horizont die Erde verlassen. Ja, so könnte es gewesen sein. Könnte. Aber wer war dann der Nachahmungstäter, der die Männer ermordete und auch Märchenbücher platzierte? Und warum? Das würde voraussetzen, dass er von dem Handeln von Jens Drewes Kenntnis gehabt hatte. Guntram schwirrte der Kopf. Er riss einen langen Grashalm aus und drehte ihn zwischen seinen Fingern. Ich komme da heute nicht zu einem Ergebnis, dachte er und erhob sich vom Deich. Es war jetzt Zeit, nach Hause zu fahren.

»Hallo Whisky, alter Ganove«, sagte Guntram, als er die Haustür aufschloss. »Ist denn das Frauchen auch da?« Whisky stand vor ihm und wackelte mit dem Hintern. »Du meinst, wir sollten noch rausgehen?« Fast nahm Guntram an, der Hund hätte genickt. »Na gut, aber nur eine kleine Runde, ich bin heute irgendwie kaputt.«

»Was macht ihr hier?« Siglinde war in den Flur gekommen.

»Reines Männergespräch«, sagte Guntram lachend. »Ich dreh noch eine kleine Runde mit Whisky.«

»Ja, mach das«, sagte Siglinde gut gelaunt, »ich habe uns etwas Nettes zum Abendbrot vorbereitet, bis gleich.« Und schon lief sie wieder beschwingt Richtung Küche.

»Versteh einer die Frauen«, sagte Guntram zu Whisky und schnappte sich die Hundeleine. Nach einer halben Stunde waren Hund und Herrchen schon wieder zurück.

Guntram meinte zunächst, sich zu verhören, als er die Haustür öffnete. Lief da laute Musik von den Stones? Er leinte Whisky ab und lief ungläubig ins Wohnzimmer. Tatsächlich. Siglinde hatte die Stereoanlage eingeschaltet und spielte Rock. Es musste eine Ewigkeit her sein, dass er das erlebt hatte. Im Grunde hatten sie keine Musik mehr gehört, seitdem die Kinder größer geworden waren. Was war in sie gefahren? Ihm schwante, dass es eine weitere Baustelle für ihn werden würde. Deshalb tat er lieber so, als sei es das Normalste von der Welt, dass hier die Wände bebten, und ging in die Küche. Dort erwartete ihn ein beinahe festlich gedeckter Tisch mit einer geöffneten Flasche Weißwein.

»Hab ich irgendetwas Wichtiges vergessen?«, fragte Guntram unsicher, als er Siglinde schon am Tisch sitzen sah. Und sie strahlte.
»Ach, ich hatte mal wieder Lust, etwas Schönes zu kochen. Komm, setz dich doch, bevor es kalt wird.«
Guntram schlich an den Tisch und zog vorsichtig den Stuhl hervor, als habe er Angst, im nächsten Moment alles kaputtmachen zu können. Jetzt nur nichts Falsches sagen. Und vor allem nicht denken. Er nahm sich Kartoffeln, frisches Gemüse und schnitt sich auch ein Stück vom köstlich duftenden Braten ab.
»Lass es dir schmecken«, sagte Siglinde und hielt ihr Weinglas zum Anstoßen hin.
»Ja, guten Appetit«, raunte er und beobachtete sie aus dem Augenwinkel. »Und sonst ist alles in Ordnung? Ich meine, hast du etwas von meinen Eltern gehört heute? Also nicht, dass ich jetzt erwarten würde, dass…«
»Schon gut Jochen. Ja, ich war heute Nachmittag noch bei ihnen. Es war alles Okay. Wir hatten ein paar nette Gespräche, deiner Mutter geht es wieder besser und ich habe ihr sogar noch eine Geschichte vorgelesen.«
»Eine Geschichte?«
»Ja, oder Märchen besser gesagt«, Siglinde lachte. Guntram blieb das Fleisch im Hals stecken. Er hustete laut.
»Hast du Märchen gesagt?«, fragte er ungläubig.

»Ja, ich hätte gar nicht gedacht, dass dein Vater so etwas im Haus hat.«

»Es war ein Märchenbuch?«, fragte Guntram noch einmal nach. »Bitte, du musst es mir ganz genau erzählen. Welches Märchen hast du gelesen, und warum gerade dieses eine?«

»Jochen, was ist mit dir los?«

»Bitte Siglinde, das ist jetzt enorm wichtig!« Er hatte sein Essen zur Seite geschoben und starrte sie an.

»Ich weiß nicht ... lass mich nachdenken ... es war Rotkäppchen, ja genau. Warum gerade dieses, weiß ich gar nicht ... oder ... doch, jetzt fällt es mir wieder ein. Es lag ein Lesezeichen in dem Buch, als ich es aufschlug. Ja, genau bei diesem Märchen, Rotkäppchen«

Guntram warf seinen Stuhl nach hinten und sprang auf. »Wir müssen sofort los zu meinen Eltern, komm.«

»Aber warum ... was ist denn?«

»Es wurden Senioren ermordet, bei denen Märchenbücher hinterlegt waren. Den Rest erkläre ich dir unterwegs, los komm schnell.«

Guntram rannte zur Haustür. Siglinde und Whisky rannten hinterher. Sie sprangen in den Wagen und Guntram raste mit überhöhter Geschwindigkeit über die B70 Richtung Rhauderfehn. Keiner sagte ein Wort. Sogar Whisky hatte

sich auf der Rückbank zusammengerollt und schwieg. Keine fünfundzwanzig Minuten später stellte Guntram den Wagen vor dem Haus seiner Eltern ab und rannte zur Haustür. Dort klingelte er Sturm. Nichts rührte sich.
»Oh mein Gott«, rief er und rannte hinters Haus. Dort sah er seine Eltern auf Liegestühlen, eingehüllt in Decken, liegen. »Mutter!«, rief er und rüttelte an Gertrud Guntrams Schulter. Augenblicklich kam sie zu sich und starrte ihn entsetzt an.
Auch Jürgen Guntram wurde munter. »Jochen, was treibst du da. Bist du verrückt geworden? Du hast uns zu Tode erschreckt!«
Siglinde stand mit Whisky im Garten und starrte auf die Szene. Es wirkte so fremd. Was war mit ihrem Mann los?
»Wo ist das Märchenbuch?« Guntram sah seinen Vater an.
»Märchenbuch? Was willst du eigentlich?«
»Er meint das Buch, aus dem ich Gertrud heute Nachmittag vorgelesen habe«, mischte sich Siglinde ein.
»Ach ... das.« Jürgen Guntram machte eine wegwischende Handbewegung. »Es liegt im Wohnzimmer auf dem Tisch.«
Guntram rannte ins Haus und entdeckte es sofort. Er nahm es an sich und lief damit wieder nach draußen. »Wo kommt das her!«, schrie er.

Sein Vater rieb sich die Stirn. »Das weiß ich gar nicht ... ist das denn nicht unseres?« Verwirrt sah er zu seiner Frau und dann zu seinem Sohn und der Schwiegertochter. »Kann mir jetzt mal jemand sagen, was hier verdammt nochmal eigentlich los ist.«

Guntram sah, dass er mit dieser Methode nicht weiterkam. Er versuchte, sich zu beruhigen und setzte sich an den Gartentisch. »Also, nochmal von vorne. Ich muss wissen, wo dieses Buch herkommt. Mutter, kannst du mir das vielleicht sagen?«

Alle starrten auf Gertrud Guntram, die leise vor sich hinkicherte. »Aber das ist doch von dem netten Herrn, der mir immer die Haare macht.«

»Wen meinst du, Mutter?«

»Ach, jetzt erinnere ich mich«, sagte Jürgen Guntram. »Sie hat recht, das hat uns Manfred Wegener mitgebracht. Er kommt seit ein paar Wochen ins Haus und macht Mutter die Haare.«

Zunächst bemerkte es niemand, doch Siglinde Guntram war bewusstlos im Garten zusammengesackt. Jürgen Guntram war der Erste nach Whisky, der sie dort liegen sah.

»Was ist denn mit deiner Frau los«, sagte er und Guntram sah in die Richtung. Dann sprang er auf, lief zu ihr und beugte sich herunter.

»Siglinde hörst du mich? Was ist mit dir?« Er fühlte nach ihrem Puls. Der schien in Ordnung. »Whisky, nun hör doch mal auf.« Er schob den Hund zur Seite, der ganz aufgeregt durch Siglindes Gesicht schlabberte. Guntram zog sie vom Boden hoch und sie kam langsam wieder zu sich. »Komm, du musst dich erst einmal hinsetzen.« Er zog sie mit auf die Terrasse zu einem Gartenstuhl. »Was war denn plötzlich los?«, fragte er. »Vater, kannst du nicht mal ein Glas Wasser holen.«

»Aber natürlich«, sagte Jürgen Guntram beleidigt und zog los. Lieber hätte er sich das Spektakel weiter angesehen.

»Hier, trink erst mal einen Schluck«, sagte Guntram, als das Wasser kam. »Soll ich dich vielleicht zum Arzt fahren?«

»Nein, es geht schon wieder«, sagte Siglinde mit schwacher Stimme. »Es war wohl nur ein kleiner Schwächeanfall.« Sie wollte es mit einer wegwischenden Handbewegung abtun, doch Guntram ließ nicht locker.

»Da stimmt doch etwas nicht. Das spüre ich genau. Es hängt alles mit dem verdammten Märchenbuch zusammen. Sag mir jetzt alles, was du weißt, bitte.«

Siglinde versuchte, seinem Blick auszuweichen, doch es hatte keinen Zweck. Sie wusste, wie hartnäckig er sein konnte, wenn er sich einmal festgebissen hatte. »Ich kenne ihn«, brachte sie schließlich unter aufkommenden Tränen hervor.«

»Wen kennst du?«, fragte Guntram irritiert.

»Manfred Wegener, den Mann, der deiner Mutter die Haare macht...«

»Du kennst ihn? Er ist auch derjenige, der hier das Märchenbuch ins Haus gebracht hat, darum muss ich alles über ihn wissen, aber schnell.«

»Aber wieso, was hat das eine mit dem anderen zu tun«, fragte Siglinde Guntram und wischte sich übers Gesicht.

»Weil er wahrscheinlich ein Mörder ist, nach dem wir schon so lange suchen«, sagte Guntram knapp und Siglinde fiel ein zweites Mal in Ohnmacht.

»Es scheint alles soweit in Ordnung«, sagte der Notarzt, den Guntram sofort gerufen hatte. »Solche Schwächeanfälle kommen in dem Alter schon mal vor.« Er steckte sein Stethoskop wieder ein und wandte sich zum Gehen.

Guntram blickte ihm nach. Er verstand immer noch nicht, warum seine Frau bei dem Namen Manfred Wegener in Ohnmacht fiel. Oder ahnte er es schon? Auf jeden Fall wollte er jetzt alles haargenau wissen. Während der Arzt seine Frau untersuchte, rief er bei Mathias Sanders an, der

sich schnell auf den Weg gemacht hatte. Guntram spürte, dass sie jetzt der Lösung dieses Falles immer näher kamen.
»Siglinde, was du jetzt sagst, ist enorm wichtig«, sagte Guntram, als sie wieder einigermaßen stabil wirkte. »Wer ist Manfred Wegener und woher kennst du ihn? Hast du ihn vielleicht an meine Eltern vermittelt, damit er Mutter die Haare macht?«
Siglinde schüttelte mit dem Kopf. Sie sagte keinen Ton und sah ihn aus traurigen Augen an. »Ich habe das nicht gewollt«, presste sie zwischen den Zähnen hervor. Ich bin ihm zufällig begegnet, als ich in Emden war.«
»In Emden? Was hast du da gemacht?«
»Ich wollte einfach mal raus aus Leer, ich war in ein Café gefahren nach Emden, einfach mal so.« Ihre Stimme drohte zu brechen.
»Ja, ja ... okay.« Guntram verlor sichtlich die Nerven. »Und weiter?«
»Nichts weiter. Wir haben nur geredet. Er war so nett, er hörte mir zu.«
»Weißt du, wo er wohnt?«, fragte Guntram und verdrängte ihre letzte Bemerkung aus seinem Gedächtnis.
Siglinde überlegte einen Moment. »Nein, genau weiß ich das nicht«, sagte sie ehrlich. »Aber er hat gesagt, dass er in Emden wohnt.«

»Hast du ihn nur dieses eine Mal getroffen, oder öfter?«, fragte Guntram und sah ihr starr in die Augen.
»Es war ... öfter«, sagte Siglinde und fing an zu zittern.
»Das heißt also, dass du ihn auch noch weiter treffen wirst, habe ich recht?«
Sie sah ihn an und nickte stumm.
»Wann?«
»Morgen Nachmittag.«
»Wo und wie spät?«
»Um fünfzehn Uhr bei der *Kunsthalle in Emden.*«

Guntram drang nicht weiter in sie. Was er wissen wollte, hatte er jetzt erfahren. Und was er nicht wissen wollte, schwang indirekt mit, das genügte ihm fürs Erste. Es klingelte an der Haustür. Mathias Sanders war angekommen.
»Guten Abend«, sagte er, als er zu der Runde stieß.
»Hallo Mathias, gut, dass du kommst«, begrüßte ihn Guntram. »Hast du etwas zu dem Wohnort von dem Manfred Wegener rausgefunden?«
Mathias Sanders schüttelte den Kopf. »Nein, bis jetzt nicht.«
»Siglinde sagt, dass er behauptet hat, in Emden zu wohnen. Frag doch noch mal nach, ja?«

»Geht klar«, sagte Mathias Sanders und sah von einem zum anderen. Er wusste zwar nicht genau, was hier gespielt wurde und auch nicht, warum ausgerechnet Guntrams Frau wissen sollte, wo dieser Wegener wohnte, doch er ahnte, dass da wieder einiges auf seinen Chef zukam. Er zog sein Telefon hervor und ging in den Flur. Nach ein paar Minuten kehrte er zurück. Keiner der vier Personen, die hier versammelt waren, machte einen glücklichen Eindruck. Den Jämmerlichsten machte aber eindeutig Guntram auf ihn.

»Fehlanzeige«, sagte Mathias Sanders. »Es gibt in Emden keinen Manfred Wegener. Auch sonst haben die Kollegen nichts über ihn herausgefunden.«

»Das ist doch merkwürdig«, sagte Guntram. »Dann bleibt uns wohl nur eine Möglichkeit, ihn zu schnappen.« Er sah zu Siglinde herüber.

»Nein«, sagte sie nach einer kurzen Weile, als sie verstanden hatte, was er da von ihr verlangte. »Das mache ich auf keinen Fall. Ich werde diesen Mann nicht ans Messer liefern.« Energisch presste sie den Mund zusammen. Sie konnte oder wollte einfach nicht glauben, dass sie einem Mann so auf den Leim hatte gehen können. Und wenn er ein Mörder war? Sie bekam eine Gänsehaut bei dem Gedanken. Und sie hatte ihn so nahe an sich herangelassen.

»Du bist unsere einzige Chance«, sagte Guntram. »Bitte gehe morgen zu dem Treffen nach Emden, damit wir ihn schnappen können.« Er sah sie flehend an und sie dachte bei sich, dass sie ihm wenigstens das schuldig wäre, nach allem, was passiert war.

»Na gut, ich mache es«, sagte sie schließlich. »Und jetzt möchte ich nach Hause. Gib mir bitte den Wagenschlüssel, Jochen.« Als sie ihn erhalten hatte, sah sie sich nicht einmal mehr um. Whisky sah ihr unschlüssig nach und setzte sich nach kurzer Zeit auch in Bewegung.

»So, und jetzt müssen wir euch in Sicherheit bringen«, sagte Guntram, als er sich wieder berappelt hatte.

»Was meinst du damit?«, fragte sein Vater misstrauisch.

»Ihr könnt hier nicht alleine bleiben, vertraut mir einfach. Wenigstens dieses eine Mal.«

»Nach dem, was ich da gerade mit deiner Frau erlebt habe, fällt mir das wirklich verdammt schwer«, sagte sein Vater nur.

»Das muss dich jetzt nicht kümmern«, sagte Guntram schroff. »Tatsache ist, dass ein Mörder bei euch im Haus ein- und ausgegangen ist.«

»Jochen! Ist das wahr?« Gertrud Guntram schlug erschrocken ihre Hand vors Gesicht.

»Ich fürchte ja, Mutter.« Guntram lief zu ihr und versuchte, sie zu beruhigen. »Aber es wird alles gut. Ich bringe euch jetzt in eine Einrichtung, wo ihr in Sicherheit seid.«
»Er war doch so nett...«, jammerte Gertrud Guntram. »Er hat mir doch das Märchenbuch geschenkt.« Erste Tränen sammelten sich in ihren Augenwinkeln.
»Jochen hat recht«, sagte jetzt auch Jürgen Guntram. »Wir müssen von hier weg. Ich werde nach oben gehen und ein paar Sachen packen.«

Guntram ging mit Mathias Sanders in die Küche. »Ich werde jetzt beim Krankenhaus anrufen und nach einer Möglichkeit für meine Eltern fragen. Vielleicht ergibt sich ja etwas in der Tagespflege.«
Mathias Sanders nickte. »Okay. Und wenn ich das richtig sehe, dann ist unser Pfleger jetzt wohl aus dem Spiel.«
»Wahrscheinlich«, gab Guntram zu. Seine Theorie von der Sterbehilfe wollte er jetzt nicht noch einmal auf den Tisch bringen. Alles hatte Zeit, bis sie Manfred Wegener morgen geschnappt hatten. »Bringst du mich gleich nach Hause, wenn ich meine Eltern untergebracht habe?«
»Aber sicher«, antwortete Mathias Sanders.

Es dauerte noch eine ganze Stunde, bis ein Krankenwagen in Rhauderfehn bei Guntrams Eltern vorfuhr.
»Das ging aber schnell«, sagte Guntram. »Wo werden Sie meine Eltern unterbringen?«
»Wir haben da auf die Schnelle nichts in der Tagespflege gefunden. Aber Ihre Eltern können eine Nacht im Krankenhaus in einem Zweibettzimmer verbringen, wenn Ihnen das Recht ist«, antwortete der Pfleger.
»Aber sicher«, sagte Guntram. »Ich werde mit Ihnen fahren. Mathias fahr du uns bitte nach und bringe mich dann nach Hause.«
Jürgen Guntram stand bereits mit gepackter Reisetasche im Flur. »Das passiert nur, wenn man einen Polizisten zum Sohn hat«, murmelte er.
»Ich verstehe das alles nicht«, jammerte Gertrud Guntram. »Wann können wir denn wieder nach Hause.«
»Gleich morgen, Mutter«, beruhigte sie Guntram und schob sie sachte aber bestimmend aus dem Haus.

Es war schon kurz nach elf, als Guntram endlich wieder zuhause war. Das ganze Haus war dunkel. Ob Siglinde nach diesem Abend einfach so ins Bett gegangen war? Er konnte es kaum glauben. Als er die Tür aufschloss, kam Whisky aus dem Wohnzimmer angerannt. Also war sie noch unten. Er fand sie im Wohnzimmer auf einem Sessel sitzend. Sie starrte nach draußen in den Garten. Auf dem Tisch stand die Flasche Weißwein, die sie beide eigentlich zum Abendbrot hatten trinken wollen. Sie war fast leer. Nur im Schein der Straßenlaterne konnte er ihr Gesicht sehen. Hatte sie geweint?

»Siglinde?«, fragte er mit sanfter Stimme. »Wieso sitzt du hier im Dunkeln?«

Sie antwortete nicht. Er holte sich ein Glas aus der Küche und goss sich den Rest vom Wein ein und setzte sich aufs Sofa. »Ich weiß gar nicht, was ich sagen soll...« Er nahm einen großen Schluck und fühlte sich schlapp.

»Es gibt nichts mehr zu sagen«, sagte Siglinde plötzlich. »Es ist alles aus.« Sie fing an zu weinen.

Was sollte er jetzt machen? Er war nicht gerade ein Meister darin, Frauen wieder auf die Beine zu helfen. Selbst wenn er immer nur das Beste wollte, meistens gingen seine Rettungsversuche nach hinten los. Trotzdem konnte er auch diese Stille nicht ertragen. Und alleine sitzen lassen wollte er sie in diesem Zustand jetzt auch nicht.

»Meine Eltern schlafen heute Nacht aus Sicherheitsgründen im Krankenhaus«, sagte er schließlich. Manchmal halfen neutrale Themen aus dem tiefsten Tal heraus.

»Warum hast du sie nicht mit hierher gebracht?«, fragte Siglinde matt. »Wir haben doch genügend Platz.«

Guntram zuckte mit den Schultern. Auf die Idee war er nicht gekommen. »Es ist sicher besser so«, sagte er schließlich. »Komm, lass uns nach oben gehen, ja?«
Zunächst zögerte sie, doch dann sah sie ihn an. »Glaubst du wirklich, dass du das aushältst?«
Guntram nickte. Dabei verzog er das Gesicht. Und als sie aufstand, war er sich sicher, dass sie das im fahlen Licht gesehen hatte.
Ohne etwas zu sagen, lagen die beiden kurz darauf nebeneinander in ihrem Ehebett. Guntram schlief als Erster ein.

Schon um kurz nach sechs war Guntram am nächsten Morgen wieder auf den Beinen. Er fühlte sich wie gerädert. Wenn dieser Tag erst einmal vorbei war, dann wollte er ausspannen, nahm er sich vor. Er sprang unter die Dusche und brühte danach einen starken Kaffee auf.
Als er die Nummer von Mathias Sanders wählte, meldete dieser sich schon nach dem ersten Klingelton.
»Konntest du auch nicht schlafen?«, fragte Guntram.
»Na ja, geht so«, antwortete Mathias Sanders. »Treffen wir uns gleich noch in der Dienststelle?«
»Ja, ich bin gleich da. Wir müssen die Festnahme von Manfred Wegener bis ins kleinste Detail planen. Er darf uns nicht entwischen.«

»Und deine Frau ist nach wie vor bereit, da mitzuspielen?«
»Ja, sei unbesorgt. Sie wird wie verabredet zu dem Treffpunkt fahren.«
»Dann ist ja alles perfekt.«
Sie legten auf.
Guntram schmierte sich noch einen Toast mit Marmelade und trank den Kaffee im Stehen. Bevor er das Haus verließ, lief er noch einmal nach oben ins Schlafzimmer. Siglinde hatte die Augen aufgeschlagen und starrte an die Decke.
»Guten Morgen, Siglinde. Ich werde jetzt noch in die Dienststelle fahren und mit Mathias Sanders die Festnahme von ... diesem Mann besprechen. Kommst du bitte noch dazu, bevor du nach Emden fährst? Es ist wichtig, dass uns kein Fehler unterläuft und ich möchte nicht, dass du bei der Aktion in Gefahr gerätst.«
»Ja, ist gut«, sagte Siglinde matt. »Ich werde gegen Mittag bei euch sein. Das reicht ja sicher aus.«
»Ja, auf jeden Fall. Bis später. Ich muss jetzt los.« Fast erleichtert verließ er das Schlafzimmer. Jedes weitere Wort wäre jetzt zu viel gewesen.
Er drückte Whisky in der Küche noch einen dicken Kauknochen ins Maul und ging zu seinem Wagen. Auf dem Weg zur Dienststelle rief er beim Krankenhaus an und erkundigte sich nach seinen Eltern. Er hörte von einer freundlichen Frauenstimme, dass alles bestens sei. Sie

vereinbarten, dass seine Eltern das Zimmer so lange bewohnen konnten, bis Guntram sich wieder meldete und grünes Licht gab.

Mathias Sanders brachte die Kollegen gerade auf den neuesten Stand, als Guntram dazu kam. »Wir müssen ihn schnappen«, sagte er und die anderen starrten ihn an, als wollten sie sagen, was denn sonst?

Es hatte sich immer noch kein Hinweis auf einen Mann namens Manfred Wegener ergeben und so ging man mittlerweile davon aus, dass dieser Name falsch war. Und darum war Siglinde Guntram ihre einzige Hoffnung, den Täter zu schnappen. Als Guntram alleine in seinem Büro saß, klingelte sein Telefon.

»Hallo?«

»Jochen, hier ist Katrin. Störe ich gerade?«

»Um ehrlich zu sein ... ja.«

»Oh, tut mir leid...«

»Nicht böse sein, aber wir sind gerade kurz davor, den Mörder der alten Herrschaften zu schnappen, du weißt schon.«

»Ach, ich dachte, den hättet ihr bereits?«

»Das war der Falsche, du, ich erzähle dir das ein andermal«, sagte Guntram ungeduldig, »wir müssen alles daran setzen, dass wir den wahren Täter heute Nachmittag mit einem verdeckten Ermittlerteam in Emden schnappen.

Er nutzt eventuell einen falschen Namen, und wenn wir ihn nicht erwischen, geht er uns durch die Lappen.«
»Aber wie seid ihr denn überhaupt auf ihn gekommen? Habt ihr einen Lockvogel für die Operation?«
»Hm, ja, genau.«
»Wer ist es?«
»Meine Frau.«
»Oh Gott, dann lege ich jetzt lieber auf.« Es klackte.

Endlich ging es auf Mittag zu und Siglinde Guntram traf in der Dienststelle in Leer ein. Sie hatte sich besonders hübsch zurechtgemacht. Nur ihr Gesichtsausdruck passte nicht zu dieser Maskerade, fand Guntram.
»Gut, dass du gekommen bist«, begrüßte er sie. »Bald ist alles vorbei. Dann können wir über alles in Ruhe reden.«
Sie nickte. »Was muss ich tun?«
Er sah auf die rote Bluse. »Die ist neu, nicht wahr?«
Sie nickte wieder. Er schluckte.
Mathias Sanders kam hinzu und sie verabredeten, wie das Szenario mit der anschließenden Verhaftung funktionieren würde.
»Macht euch keine Sorgen, ich kriege das hin«, sagte Siglinde schließlich, um die beiden Männer zu beruhigen. Sie sah auf ihre Armbanduhr. »Es ist gleich zwei, vielleicht

sollte ich mich langsam auf den Weg machen. Meistens ist er eher da, als vereinbart.«

Meistens! Das Wort hämmerte in Guntrams Kopf. Wie oft hatte sie sich mit ihm getroffen? Und was hatten sie getan? So viel Kaffee konnte man gar nicht trinken. Er verbot sich weitere Details.

»Gut, dann fahr jetzt bitte los. Unsere Undercoverleute sind schon postiert. Es dürfte nichts mehr schiefgehen. In zwei Stunden ist alles überstanden.«

Sie sah ihn eindringlich an und ging dann ohne Worte zu ihrem Wagen. Zu ihrem Schutz hatte man ihr noch eine Wanze angeheftet. Für alle Fälle.

Eine gute Dreiviertelstunde später stellte Siglinde Guntram ihren Wagen in der Nähe der *Kunsthalle in Emden* ab. Sie atmete tief durch, bevor sie ausstieg. Sie hatte so viel kaputtgemacht. Und jetzt würde das Schwein, das ihr das angetan hatte, dafür bezahlen. Sie fühlte nach ihrer Tasche. Ja, für alle Fälle hatte sie sich ein Messer eingesteckt. Sie stieg aus dem Wagen und lief zum *Café Henri`s*. Er war noch nicht da. Sie spürte die vielen Augen, die sie jetzt beobachteten in jeder Faser ihres Körpers. Die große Uhr über dem Tresen zeigte, dass sie noch etwas Zeit hatte. Sie setzte sich an einen Tisch in der Nähe des Eingangs und bestellte sich ein Wasser. Doch sie bekam keinen Schluck herunter. Dann endlich sah sie ihn kommen. Er öffnete die Tür des Cafés und lächelte ihr zu. Sie lächelte zurück, so gut sie konnte. Ihre Kiefer drückte sie zusammen und malmte mit den Zähnen. Dabei zog sie ihre Mundwinkel nach oben. Er fiel darauf rein.

»Du siehst so schön aus heute«, sagte er, als er sich zu ihr an den Tisch setzte.

Sie lächelte ihn an. Er bestellte sich einen Kaffee.

»Möchtest du auch einen?«

»Ja, gerne«, sagte sie.

Noch bevor die Bedienung die Bestellung an den Tisch bringen konnte, wurde die Tür des Cafés aufgerissen und drei vermummte Beamte stürmten schwer bewaffnet herein und direkt auf Manfred Wegener zu.

»Hände hoch«, befahl der eine von ihnen, während die anderen auf Manfred Wegener zielten.

»Was ist hier los?«, fragte Manfred Wegener und zog die Hände in die Höhe.

»Sie sind festgenommen«, sagte der Beamte. »Legen Sie die Hände in den Nacken und stehen Sie auf.«

»Siglinde, du?« Manfred Wegener sah sie fragend an und tat, was ihm gesagt wurde. Sigindes Hand krampfte sich um ihre Tasche. Ihre Zähne malmten immer schneller. Dann war es zu spät, ihre Chance vertan. Erschöpft sackte sie innerlich zusammen. Ihre Hand entspannte sich.

Der Beamte legte Manfred Wegener Handschellen an und stieß ihn grob Richtung Tür. Guntram und Mathias Sanders kamen ihnen entgegen.
»Manfred Wegener, mein Name ist Jochen Guntram und ich leite die Operation hier. Sie sind festgenommen wegen des Verdachts des vierfachen Mordes. Sie müssen jetzt nichts sagen und können gerne Ihren Anwalt hinzuziehen. Sie werden gleich in der Polizeidienststelle in Leer verhört. Abführen…« Das Café füllte sich langsam wieder. Die Bedienung stand mit klimpernden Tassen hinter dem Tresen.
»Es ist alles in Ordnung«, sagte Guntram mit ruhiger Stimme. »Aber einen Kaffee könnten wir jetzt wohl vertragen.« Er setzte sich zu Siglinde und nahm ihre Hand.
»Es kommt alles wieder in Ordnung, glaube mir.« Sie nickte stumm. Als sie ihren Kaffee getrunken hatten, fuhr Guntram zur Dienststelle, um den Täter zu verhören. Siglinde versprach, sofort nach Hause zu fahren und dort auf ihn zu warten. Doch sie hielt ihr Versprechen nicht und fuhr stattdessen an die Knock in Emden und setzte sich in das Restaurant *Strandlust*. Sie brauchte jetzt einfach einen weiten Blick, um sich zu sammeln. Sie hatte keine Ahnung, wie spät es war, als der letzte Kellner an ihren Tisch kam. Bevor sie zu ihrem Wagen lief, warf sie das Messer ins Wasser.

Die traurigen Tauben

»Manfred Wegener, wir befragen Sie jetzt zu den Morden an Lieselotte Winter, Enno Peters und Bernhard Müller. Außerdem haben wir ein Opfer, dessen Namen wir bisher nicht kennen, das aber vermutlich auch auf Ihr Konto geht.« Guntram und Mathias Sanders waren jetzt bereit, den Verdächtigen in die Mangel zu nehmen.

»Ich weiß nicht, was Sie von mir wollen«, sagte Manfred Wegener und lachte. Er sieht verdammt gut aus, dachte Guntram, als er das volle leicht graumelierte Haar im Schein des Lichtes sah. Kein Wunder, dass Siglinde auf ihn reingefallen war. Nein, das war das falsche Wort. Sie hatte Gefallen an ihm gefunden.

»Ich wiederhole es gerne noch einmal«, sagte Guntram, »wir haben vier Tote, ältere Menschen, zu denen Sie sich vermutlich unter falschem Vorwand Zugang verschafft haben. So wie übrigens bei meinen Eltern auch. Dort sind Sie als mobiler Friseur in Erscheinung getreten und ich versichere Ihnen, dass ich bereit bin, Ihnen alleine dafür eine Kugel in den Kopf zu jagen. Also rücken Sie jetzt endlich mit der Wahrheit raus!«

Manfred Wegener blieb stumm. Sie wussten ja nicht einmal, ob dieser Name wirklich stimmte. Der Erkennungsdienst hatte seine Fingerabdrücke genommen und verglich diese gerade mit denen in den Wohnungen

der Opfer. Doch Guntram war sich auch so schon sicher, dass sie den Richtigen festgenommen hatten.
»Lieselotte Winter, war sie die Erste?«, fragte Guntram und starrte Manfred Wegener an, der sich nicht rührte. »Was hatte Ihnen diese Frau getan, dass sie sterben musste? Ich habe sie gefunden, ganz friedlich am Deich liegend ... ich bin mir sicher, dass diese Frau keiner Fliege etwas zuleide getan hat. Also, warum haben Sie sie umgebracht? Heimtückisch mit einem Medikamentenmix! Und dann dieses Märchenbuch, was hat das alles zu bedeuten? Machen Sie endlich den Mund auf!« Guntram brüllte nur noch. Er konnte diesen Mann nicht ausstehen. Er hatte schwer damit zu kämpfen, die Gedanken an das, was der Kerl mit seiner Frau alles angestellt hatte, zu unterdrücken.
Mathias Sanders hatte den Eindruck, dass der Verdächtige bei der lauten Stimme seines Chefs immer kleiner wurde, ja, förmlich unter den Tisch kroch. Was hatte das zu bedeuten? Dann kam ihm der zündende Gedanke.
»Es hat mit ihrem Vater zu tun, hab ich recht?« Mathias Sanders baute sich vor Manfred Wegener auf. »Er war ein Tyrann, wie er im Buche steht, richtig? Er hat sie angeschrien, verprügelt, gequält ... hat er auch Ihren Hund geschlagen? Oder Ihre Mutter? Na? Und ... mussten Sie dabei zusehen, ein hilfloser kleiner Junge, der sieht, wie

seine Liebsten weinen, heulen und schreien. Es muss die Hölle für Sie gewesen sein.«
Erwartungsvoll starrten Mathias Sanders und Guntram auf Manfred Wegener. Doch es hatte den Anschein, als rühre ihn das alles nicht. Stoisch sah er geradeaus gegen die graue karge Wand. Die Hände gefaltet auf dem Tisch liegend, nicht ein Zucken um die Mundwinkel.
»Sie können uns nichts vormachen«, fuhr Guntram fort. »Alle diese armen alten Menschen, sie waren Ihnen nicht egal. Sie haben sie doch hübsch gemacht, wenn Sie sie frisierten. Sie hatten Gefühle für Sie, geben Sie es doch zu. Und doch waren Sie so brutal, Ihnen das Leben zu nehmen. Was haben diese Menschen Ihnen denn getan, dass sie das verdient haben?«
Es herrschte eine eisige Stille in dem Raum. Dann sagte Manfred Wegener: »Tauben ... es waren die Tauben ... ich kann keine Tauben essen.« Sein ganzer Körper zitterte plötzlich, der Tisch begann zu wackeln. Er verlor sämtliche Farbe aus dem Gesicht.
»Er kriegt einen Kollaps«, sagte Mathias Sanders, »ich hole einen Sanitäter.« Er rannte aus dem Verhörraum.
Guntram ging zu Manfred Wegener und packte ihn an der Schulter. »So leicht kommen Sie mir nicht davon, Freundchen. Wir sind noch nicht fertig!« Dann kam der Sanitäter herein und entschied, dass das Verhör kurz

unterbrochen werden müsse. Sie brachten Manfred Wegener in seine Zelle, wo er eine Beruhigungsspritze bekam.

»Der nimmt uns doch auf den Arm, wenn du mich fragst«, polterte Guntram, als er mit Mathias Sanders alleine im Verhörraum war.
»Kann sein. Aber sein Zusammenbruch wirkte verdammt echt.«
»Erwarte jetzt aber bitte von mir kein Mitleid für einen Mörder. In zehn Minuten will ich den hier wieder auf dem Stuhl haben. Und dann wird er gestehen, egal, wie weit ich dafür gehen muss.«
»Du hast ja recht«, räumte Mathias Sanders ein. »Empathie kann ich für ihn auch nicht aufbringen. Und dann diese Taubennummer, der scheint ja ganz schön einen mitgekriegt zu haben in der Kindheit.«
»Auf jeden Fall würde das erklären, warum wir an dem Fernseher in Enno Peters Wohnung Vogelexkremente gefunden haben. Ich werde gleich mal Piepwitz anrufen, damit er uns das bestätigen kann.« Er griff zum Telefon und informierte den Gerichtsmediziner über den Verdacht und bat um eine entsprechende Untersuchung. »So, und jetzt holen wir uns den Wegener wieder.«

»Okay, ich sag mal Bescheid.« Mathias Sanders verließ den Verhörraum und kam kurz darauf mit einem Beamten und Manfred Wegener zurück. Dieser sah immer noch kreidebleich aus. Er setzte sich auf den für ihn vorgesehen Stuhl und starrte auf die Tischplatte.

»Hören Sie, Herr Wegener, Sie machen es uns allen leichter, wenn Sie jetzt endlich alles gestehen. Ein Entrinnen gibt es für Sie sowieso nicht mehr, weil...« Guntram wurde von einem Beamten unterbrochen, der sein Gesicht in den Verhörraum gesteckt hatte.

»Könnt ihr mal kommen?«, fragte er, und Guntram und Mathias Sanders folgten ihm auf den Flur.

»Was gibt's?«, fragte Guntram.

»Also, wir haben Fingerabdrücke von Manfred Wegener in den Wohnungen von Enno Peters, Bernhard Müller und Lieselotte Winter gefunden, das wollte ich nur sagen.«

»Jetzt haben wir ihn«, brummte Guntram. Sie gingen wieder in den Verhörraum zurück.

»Wir haben gerade die Bestätigung bekommen, dass Sie in den Wohnungen der drei Opfer Bernhard Müller, Enno Peters und Lieselotte Winter gewesen sind. Die Fingerabdrücke, die sie dort hinterlassen haben, beweisen dies eindeutig. Was sagen Sie dazu?«

Manfred Wegener sah auf. »Das wundert mich nicht, ich bin ja auch dort gewesen. Sie wissen das doch alles längst.«

Er atmete schwer aus. »Im Grunde bin ich ja froh, dass endlich alles vorbei ist.«
»Was ist hier vorbei?«, fragte Guntram. »Sie gestehen also, dass Sie diese drei Senioren kaltblütig ermordet haben?«
»Es war nicht kaltblütig«, flüsterte Manfred Wegener, »es war notwendig.«
Guntram und Mathias Sanders sahen sich fragend an.
»Was meinen Sie mit notwendig?«, fragte Mathias Sanders.
»Sie waren doch eigentlich nutzlos.«
»Hören Sie, wir sind hier nicht in einer therapeutischen Sitzung«, blaffte Guntram, dem langsam der Kragen platzte. »Wir halten hier mal fest, dass Sie die Morde zugegeben haben. Die Gründe sind mir eigentlich auch scheißegal. Wir setzen jetzt das Geständnis auf, bauen da vielleicht noch unseren Unbekannten mit ein, wenn Sie uns endlich sagen, wer das ist, und dann verschwinden Sie für den Rest Ihres Lebens hinter Gittern, Sie krankes Arschloch!«
Manfred Wegener grinste.
»Was gibt es da zu lachen, na?«
»Sie sind genauso ein verdammter Idiot wie mein Vater. Sicher schlagen Sie Ihre Kinder auch!«
Mathias Sanders hielt Guntram zurück, als dieser auf Manfred Wegener zugehen wollte. »Wagen Sie es ja nicht,

mich mit Ihrem Vater zu vergleichen.« Guntram ballte die Faust.

»Sie wissen ja nicht, wie es ist, wenn man einen Psychopathen zum Vater hat«, setzte Manfred Wegener unbeirrt fort. »Immer diese Tauben ... ohne Kopf liefen Sie bei uns hinter dem Haus herum, nachdem mein Vater Ihnen den ohne weiters einfach abgerissen hat. Können Sie sich vorstellen, wie sich sowas anfühlt ... wenn man so machtlos danebensteht und den armen Tieren nicht helfen kann?«

Guntram verschlug es für einen Moment die Sprache. Was sollte er auf so einen Schwachsinn antworten? »Das letzte Opfer war Ihr Vater, hab ich recht? Er ist der Mann, den wir bisher noch nicht identifizieren konnten.«

»Und die vielen Köpfe mit den zuckenden Augen ... die Tiere haben sich quasi selbst ohne Kopf laufen sehen«, plötzlich wurde Manfred Wegener von einem Weinkrampf geschüttelt.

Nicht schon wieder dachte Guntram. »Das gibt Ihnen aber doch nicht das Recht, alte unbescholtene Bürger zu ermorden!«

»Sie sind doch alle gleich«, jammerte Manfred Wegener. »Alle alten Männer sind genauso wie mein Vater ... sie spielen die hilflosen Opfer, aber in Wirklichkeit haben sie alle ihre Kinder gequält, misshandelt und traumatisiert.

Ich bin heute noch nicht in der Lage, den Geruch von Spiritus zu ertragen...«, er schluchzte. »Immer wurden die Tauben, wenn sie sich endlich totgelaufen hatten, damit abgeflammt ... bis sie nackt waren. Es roch so ekelhaft ... und später hat meine Mutter sie gekocht und ich musste sie essen...« Manfred Wegener würgte.
»Das können Sie alles ihrem Therapeuten erzählen«, fuhr Guntram ungerührt fort. »Wir müssen hier nur festhalten, dass Sie der Täter sind.«
»Ich gebe es ja auch zu«, sagte Manfred Wegener, »denn diese alten Männer hatten den Tod verdient.«
»Und Frau Winter, was war mit ihr? Warum haben Sie sie umgebracht?«
Er sah mit seinen verheulten Augen auf. »Bitte, Sie müssen mir das glauben, was ich Ihnen jetzt sage. Lieselotte wollte sterben.«
»Das überlassen Sie mal schön mir, was ich glaube, und was nicht, wenn Sie uns hier so eine hanebüchene Geschichte auftischen«, schimpfte Guntram. »Und es kommt doch wirklich nicht auf einen Mord mehr oder weniger an. Also geben Sie es doch zu, dass Sie auch Frau Winter getötet haben!«
Manfred Wegener schüttelte stumm den Kopf. Dann sagte er: »Sie wollte sterben, weil sie so unendlich alleine war. Sie hat sich selber einen Medikamentenmix von mir

gewünscht, ja, das stimmt. Aber sie hat ihn freiwillig getrunken. Ich bin bei ihr geblieben, bis sie eingeschlafen war. Sie liebte die Natur, deshalb sind wir gemeinsam zum Deich gegangen. Ich bin bei ihr geblieben, bis es vorbei war ... es hat mir das Herz gebrochen, dass sie sterben wollte, aber ich konnte sie einfach nicht davon abbringen. Sie war eine so liebe Frau ... doch ...«, er schüttelte sich und weinte heftig. »Sie war wie meine Mutter.«

Guntram hatte endgültig genug von diesem Kerl. »Aber eines müssen Sie mir noch verraten, was hat es eigentlich mit den Märchenbüchern auf sich?«
Manfred Wegener rieb seinen Rotz an seinem Ärmel ab. Wie ein kleines Kind dachte Guntram. »Sie waren meine einzige Zuflucht, als ich klein war. Wenn es am schlimmsten war, wenn ich den Schmerz kaum noch ertragen konnte, immer dann habe ich mir mein altes Märchenbuch genommen, und darin gelesen...«
Ich habe es das erste Mal in meiner Laufbahn mit so einem Psychopathen zu tun, dachte Guntram. Er drehte sich angewidert weg. Eine Frage quälte ihn allerdings noch, und doch fiel es ihm schwer, diese zu stellen.
»Was haben Sie von meinen Eltern gewollt?«, brachte Guntram schließlich hervor und drehte sich wieder zu Manfred Wegener um.

»Das möchten sich wohl zu gerne wissen, Herr Kommissar.« Manfred Wegener hatte sich wieder gefangen und der Triumph glänzte aus seinen Augen. Er grinste.
»Machen Sie ihr verdammtes Maul jetzt auf.« Guntram ballte die Fäuste, so dass seine Handknöchel weiß hervortraten. »Wollten Sie meine Mutter auch erlösen?«
»Ihre Mutter? Herr Kommissar, jetzt beleidigen Sie aber meinen Intellekt, also wirklich.« Manfred Wegener starrte Guntram an. Ein Lächeln umspielte seine Mundwinkel.
Ich bring ihn gleich um, dachte Guntram. »Es ging Ihnen also um meinen Vater?«, fragte er und biss die Zähne zusammen.
»Ich frage mich, wie Sie es schaffen, Ihre Fälle zu lösen.« Manfred Wegener kicherte. »Aber lassen wir das. Ich finde, Sie haben die Wahrheit verdient.«
»Dann spucken Sie sie endlich aus!«
»Herr Kommissar, denken Sie oft an Ihre Kindheit?« Er spielte mit dem Ring, den er an der linken Hand trug. »Na, träumen Sie manchmal schlecht?«
Guntram sah ihn unverwandt an. Er wollte diesem Psychopathen kein weiteres Forum bieten, und doch wollte er es wissen. Was hatte Siglinde ihm bloß erzählt, als sie sich mit ihm ... er konnte diesen Gedanken einfach nicht zu Ende denken. Zu groß war der Ekel, wenn er sich ausmalte, wie die beiden... nein! Stattdessen dachte er jetzt

tatsächlich weit zurück und sah sich als kleinen Jungen, alleine weinend in seinem Zimmer. Lange hatte er es zu verdrängen versucht, doch desto älter er wurde, umso mehr schlichen sich die Erinnerungen in seinen Kopf. Er stand auf und lief zur Wand, wo er sich anlehnte.
»Es spielt hier keine Rolle, was ich träume, sie krankes Arschloch. Ich will nur wissen, was Sie mit meinen Eltern beziehungsweise mit meinem Vater vorhatten. Wollten Sie ihn umbringen? So, wie Sie Ihren Vater getötet haben, nur weil er sie als Kind ein wenig härter rangenommen hat? Na! Was sind Sie nur für ein jämmerlicher Wachlappen! Und dabei wären Sie doch so gerne ein Mann.« Langsam gewann er wieder die Oberhand, das spürte er genau. Denn Manfred Wegener war bei den letzten Worten merklich zusammengezuckt.
»Oh ... Sie denken also, ich sei kein richtiger Mann?«, sagte Manfred Wegener und seine Stimme schwoll an. »Da ist Ihre Frau aber wohl ganz anderer Meinung.«
Das war zu viel des Guten. Wutentbrannt rannte Guntram zu ihm und zog ihn am Kragen hoch. Sein Gesicht ganz nah an dem des Täters. Schaum stand ihm vorm Mund. »Wagen Sie es nicht, auch nur noch einmal etwas über meine Frau zu sagen, und ich schwöre Ihnen...«

»Na was? Nur zu, Herr Kommissar. Lassen Sie es raus, den ganzen Frust über Ihre verkorkste Ehe und Ihren brutalen Vater.«
Bevor noch Schlimmeres passieren konnte, sprang Mathias Sanders zwischen die beiden Kampfhähne. Er zog Guntram am Ärmel.
»Komm Jochen, das reicht. Lass dich nicht länger von dem Dreckskerl provozieren, er ist es nicht wert.«
Schließlich lies Guntram Manfred Wegener los und dieser plumpste wieder auf seinen Stuhl zurück.
»Herr Kommissar, ich hätte Ihnen diesen Gefallen gerne getan. Aber jetzt müssen Sie weiter mit Ihrem Vater leben.« Manfred Wegener rückte seinen Kragen zurecht und sah Guntram mit stoischem Blick an.
»Was für ein krankes Arschloch«, schimpfte Guntram. »Bring ihn zurück in seine Zelle und lass das Geständnis aufsetzen«, sagte er zu Mathias Sanders. »Ich kann das Gejammere nicht mehr hören.« Mathias Sanders nickte und holte den Polizisten rein, der Manfred Wegener abführte.

»Ich brauche mal ein bisschen frische Luft«, sagte Guntram, als er wieder mit Mathias Sanders alleine war. »Was ist das bloß für ein Job, wo man so kranke Typen verfolgen muss. Also, Bulle werde ich in meinem nächsten Leben bestimmt nicht wieder, das kannst du mir glauben.«

»Und was schwebt dir da als Alternative so vor?«

»Keine Ahnung, vielleicht werde ich einfach Buchhändler. Ein schöner ruhiger Job, wo man es mit anständigen Leuten zu tun hat.«

»Na ja, wenn du meinst. Sag mal, was wird jetzt eigentlich aus Katrin? Du hast doch mit ihr gesprochen. Ob sie den Dienst quittieren wird, wenn ... nun ja, du weißt schon.«

»Du meinst, wenn sie ... ähm ... Mutter wird.« Guntram hatte wirklich Schwierigkeiten gehabt, diesen Gedanken auszusprechen.

»Sie weiß ja offensichtlich nicht, wer der Vater ist«, wagte sich Mathias Sanders noch ein Stückchen weiter vor.

Guntram sah ihn eindringlich an. »Das hat sie dir also nicht erzählt?«

»Was? Wer der Vater ist? Nein, natürlich nicht ... aber ... sag mal ... bist du etwa...«

»Nein, es ist viel schlimmer«, sagte Guntram ernst.

»Na, viel schlimmer kann es ja eigentlich nicht kommen«, witzelte Mathias Sanders und verstummte, als er Guntrams ernsten Gesichtsausdruck sah.

»Es ist schlimmer, glaube mir. Sie wurde vermutlich von ihrem Therapeuten vergewaltigt.«

»Was?!«, rief Mathias Sanders aus. »Das Schwein schnapp ich mir. Davon hat sie mir nichts gesagt, als sie mir erzählte, dass sie ein Kind erwartet.«
»Es ist für sie selber noch ein zu großer Schock«, sagte Guntram. »Aber du hast recht, das Schwein darf nicht damit davonkommen. Bist du dabei, wenn ich mir den Dreckskerl vorknöpfe?«
»Auf jeden Fall! Aber wieso hat sie zu mir gesagt, dass sie nicht weiß, wer der Vater ist?«
»Weil sie selber erst darauf kommen musste. Denn nach ihrer Aussage gibt es keine andere Möglichkeit, weil sie nicht ... na ja, du weißt schon. Es muss dieser Quacksalber gewesen sein, als er sie zu Therapiezwecken hypnotisiert hat.«
»Den kaufen wir uns«, Mathias Sanders ballte die Faust und schlug damit auf den Tisch. »Unser Fall hier ist ja abgeschlossen. Wir nehmen uns ein paar Tage frei und machen das Dreckschwein fertig.«
Guntram nickte stumm.

Siglinde, Jochen und Whisky

Es war schon spät, als Jochen Guntram endlich nach Hause fuhr. In der Dienststelle waren die letzten Formalitäten zur Festnahme von Manfred Wegener erledigt worden. Er hatte bei der Unterzeichnung seines Geständnisses zugegeben, dass er die drei Morde kaltblütig verübt hatte. Und die Geschichte mit Lieselotte Winter ließ sich nicht widerlegen. Vielleicht wollte die alte Dame ja wirklich freiwillig sterben. Die Straße nach Logabirum war wie leergefegt. Wie immer nach der Lösung eines Falles fühlte er sich erschöpft und ausgelaugt. Eine Form von Sinnlosigkeit, als ob er nur als Ermittler eine Berechtigung hätte. Seine Eltern fielen ihm ein. Vermutlich hatte Siglinde sich wie immer um alles gekümmert, und die beiden alten Herrschaften wieder nach Hause nach Rhauderfehn gebracht. Er nahm sich vor, sie zur Entschädigung für alles am Wochenende zu einem Ausflug zum *Holter Wienkeller* einzuladen. Ein schönes Gläschen Wein hatte seine Mutter noch nie ausgeschlagen. Und außerdem konnte man dort auch hervorragend essen. Er mochte sich gar nicht ausmalen, was passiert wäre, wenn man diesen Manfred Wegener nicht rechtzeitig gestoppt hätte. Dieser kranke Typ hätte tatsächlich seinen Vater umgebracht, wenn sie ihn nicht geschnappt hätten. Seine Mutter wäre nach dem, was er ausgesagt hatte, bestimmt

nicht sein Ziel gewesen. Aber auf der anderen Seite lebte Jürgen Guntram ja nicht alleine. Das passte nun auch wieder nicht. Ob Manfred Wegener am Ende nur sein Spielchen mit ihm getrieben und sich in die Familie des ermittelnden Kommissars eingeschlichen hatte? Ja, so könnte es gewesen sein. Guntram wurde übel bei dem Gedanken, dass Manfred Wegener seine Mutter angefasst hatte. Und auch Siglinde. Wie sollte es überhaupt mit ihm und seiner Frau weitergehen? Bisher hatte er dank der ganzen Hektik den Gedanken daran beiseiteschieben können. Doch jetzt? Jetzt war er auf dem Weg nach Hause. Einem Zuhause, das ihm immer fremder geworden war, in den letzten Stunden. Er hatte Angst vor der ersten Begegnung mit seiner Frau, ganz eindeutig. Wie sollte er damit umgehen? Wie ging sie damit um? Gab es überhaupt noch eine gemeinsame Zukunft?
Ganz in Gedanken versunken rollte Guntram mit seinem Wagen plötzlich auf seine Auffahrt. Das Haus war hell erleuchtet. Er stieg aus und lief mit schweren Schritten zur Haustür. Whisky hatte ihn kommen hören und bellte vor lauter Freude. »Ist ja gut, mein Kleiner«, murmelte Guntram, schloss die Tür auf, und ließ sich die Hände abschlabbern. Dann lief er weiter ins Wohnzimmer, aus dem die Stimmen seiner Eltern und von Siglinde drangen.

»Guten Abend, zusammen«, sagte er. Alle starrten ihn an. »Es tut mir leid, dass ich euch nicht aus dem Krankenhaus abgeholt habe, Vater. Aber du hast ja sicher schon von Siglinde gehört, dass wir den Täter geschnappt haben, und…«
Drei Augenpaare sahen ihn kurz an. Seine Eltern und Siglinde wendeten sich schnell wieder ihrer Unterhaltung zu. Ich hab es ja verdient, dachte Guntram bitter und lief in die Küche, um sich ein Glas Wasser zu holen. Siglinde kam hinter ihm her.
»Jochen, ich ... es ist so schwer ... ich habe deine Eltern heute Nachmittag hierher geholt und ihnen gesagt, dass sie nach dem Schrecken noch eine Nacht hier bei uns bleiben können. Ich hoffe, das ist in Ordnung.«
Guntram stand mit dem Glas Wasser in der Hand vor dem Küchenfenster und sah ins Leere. »Schon gut«, murmelte er und drehte sich nicht einmal zu ihr um.
»Ich geh dann mal wieder ins Wohnzimmer. Kommst du auch gleich?«
»Ja, sicher…«

Es war schon fast Mitternacht, als Guntrams Eltern endlich im Bett lagen. Seine Mutter war so aufgeregt gewesen, dass sie einfach nicht die nötige Bettschwere bekam. Mehrere Male musste Guntram ihr genau von der Verhaftung von

Manfred Wegener berichten. Und immer wieder rief sie »Oh, meine Güte, und er war bei uns im Haus« aus und verzog das Gesicht. Sein Vater hatte überwiegend zu allem geschwiegen. Er schien mehr mitbekommen zu haben, als Siglinde und Jochen Guntram lieb gewesen war. Verstohlen blickte er von einem zum anderen, um eine Stimmung aufzufangen. Aber er erwähnte die zweimaligen Ohnmachtsanfälle seiner Schwiegertochter mit keiner Silbe.

Erst nach drei Tagen brachte Guntram seine Eltern wieder in ihr Haus nach Rhauderfehn zurück. Sein Vater inspizierte als erstes alle Türen und Fenster. »Du musst dir jetzt keine Sorgen mehr machen, Vater. Und am Wochenende unternehmen wir alle einen Ausflug.« Seine Mutter ergab sich schnell in ihr Schicksal, zu glücklich war sie darüber, endlich wieder in ihrem geliebten Sessel am Fenster sitzen zu dürfen.

Als Guntram wieder zuhause in Logabirum ankam, war alles still im Haus. Whisky begrüßte ihn kurz und verkroch sich dann wieder auf seine Decke, die im Kücheneingang lag. Das machte er sonst nie. Guntram schlich von einem Zimmer zum anderen, doch er war sich sicher, dass Siglinde nicht zuhause war. Es war eine Stille, in der nicht einmal sein eigenes Atmen widerhallte. In der Küche fand er einen Zettel, der auf dem Tisch lag: *Ich glaube, wir brauchen eine Auszeit, Jochen. Suche nicht nach mir. Siglinde*

Insgeheim war Guntram froh, dass er diesem längst überfälligen Gespräch aus dem Weg gehen konnte. Er schnappte sich eine Flasche Whisky und eine Tüte Chips und setzte sich damit vor den Fernseher. Whisky trottete hinter ihm her. Ich brauche jetzt meine ganze Kraft, um den Vergewaltiger von Katrin zur Strecke zu bringen, dachte Guntram. Später schliefen Hund und Herrchen zusammen auf dem Sofa ein.

ENDE

Zur Autorin

Moa Graven: »Ich habe erst mit fünfzig meine Leidenschaft für das subtile Verbrechen entdeckt.«

Als gebürtige Ostfriesin kam Moa Graven durch Umwege über den Journalismus selber zum Krimi-Schreiben. Das war im Jahr 2013, als sie ihren ersten Krimi »Mörderischer Kaufrausch« mit Ermittler Jochen Guntram als Fortsetzung in einem Monatsmagazin veröffentlichte. Seither hat sie viele Leichen in Ostfriesland hinterlassen. Sie arbeitet mittlerweile an drei Krimi-Reihen in Ostfriesland mit Kommissar Guntram in Leer, Jan Krömer in Aurich und Eva Sturm auf Langeoog! Seit August 2016 gibt es auch eine Friesland Krimi-Reihe mit Joachim Stein, den alle nur „Der Adler“ nennen.

Besuchen Sie die Autorin gerne
auch hier: www.moa-graven.de.

NEU: Die Ostfrieslandkrimis APP von Moa Graven zum kostenlosen Download. Probieren Sie es aus!

Die Kommissar Guntram Krimi-Reihe im Überblick

Mörderischer Kaufrausch - Band 01
Mord im Gebüsch - Band 02
Mordsgeschäfte - Band 03
Das Meer schweigt ... - Band 04
Märchenhafte Morde - Band 05
Hinter verschlossenen Türen - Band 06
Teezeit - Band 07
Wer erschoss den Weihnachtsmann? - Band 08
Hannah – Vergessene Gräber - Band 09
297 Tage - Band 10
Tod einer Prinzessin - Band 11

Alle Bücher sind als eBook und Taschenbuch erhältlich!

Die weiteren Krimi-Reihen von Moa Graven

Eva Sturm ermittelt

Verliebt ... Verlobt ... Verdächtig - *Band 01*
Justitias Schwäche - *Band 02*
Bitterer Todesengel - *Band 03*
Blaues Blut - *Band 04*
Stille Angst - *Band 05 (hierbei handelt es sich um ein Overcross-Special mit den drei Ermittlerteams von Moa Graven, die einen Fall auf Borkum lösen)*
Schiffbruch - *Band 06*
Auf dich wartet der Tod - *Band 07*
7 Tage Regen – *Band 08*
Wenn es Abend wird, mein Schatz ... – *Band 09*
Stirb leise ... – *Band 10*
Der letzte Tanz – *Band 11*

Profiler Jan Krömer Krimi-Reihe

KillerFEE – Band 01
Todesspiel am Großen Meer – Band 02
Kneipenkinder – Band 03
Fallensteller - Band 04
Flächenbrand – Band 05
Blindgänger – Band 06
Fremder - Band 07
Die Puppenstube - Band 08

Der Adler Krimi-Reihe

Der Adler – LaLeLu … und tot bist du - Band 01
Der Adler - KALT - Band 02
Der Adler - Nebel - Band 03
Der Adler - Lebenslänglich - Band 04
Der Adler – Der Nachbar – *Band 05*

Alle Bücher sind als Taschenbuch oder eBook erhältlich!

34988256R00157

Printed in Poland
by Amazon Fulfillment
Poland Sp. z o.o., Wrocław